JN120066

黒いサムライ彌介の証言

——遺聞・本能寺の変——

山中 渓
YAMANAKA Kei

文芸社

目次 「黒いサムライ　彌介の証言」

（一）本能寺（法能寺）

織田信長は京都の本能寺に対し、次の条文を通達した。

【定宿（じょうやど）たるのあいだ、余人（よじん）寄宿（きしゅく）停止（ちょうじ）】

この通知は、後に〝本能寺の変〟の事件現場となった『信長の本能寺御屋敷』が築造される、その直接の背景と成った。

本能寺の史料によれば、この通達は元亀元（一五七〇）年十二月と記録されている。

★

菅沼達也は少し困った顔で史料の解説文を指差し、叔父の顔をチラッとのぞいた。

本能寺資料室は京都市寺町通りに面しており、寺院の境内に併設されている。

史料の展示室は静かで、達也の叔父・片倉丈太郎は唇に指をあて、小声で話すよう合図した。

後から入って来た三人連れの客が他の史料をのぞいており、静かに歩く靴音だけが達也の耳に届いた。

「これです、叔父さん。これが判らないんだなー」

達也は後ろを振り返り叔父の顔を見た。

「この通知はね、信長が自分の宿泊施設として本能寺を取り上げて、それで、勝手に使うから納得せよという、全く身勝手な文書ですよね。それにこの内容は、信長以外の人物が信長の許可無くして宿泊するのを禁止するという、とんでもなく強引な通知だと思えるんだけど……」

達也は額にしわを寄せ、不満の表情を見せた。

誰に怒っていいのか判らない素振りである。

「そうだなぁ。しかし、この時代は、武力の強さだけで広大な土地や建物を手に出来た、そんな背景があったからね。何しろ、日本中あちこちの武将が軍旗をなびかせて相手の領地を奪い合うという、群雄割拠の戦国時代だったからね。下級武士が主人の城主を蹴落とすなどの下剋上は日常茶飯事で、その最たる武将は、室町幕府最後の将軍・足利義昭を京都から追い出したかなり謎めいた男。それが、この織田信長なんだろうねえー」

丈太郎はのぞき込むように、展示ケースの中の『信長』の文字を指差した。

本能寺では定宿の通知後に、信長の宿泊施設としての屋敷建設と増改築が行われた、と史料には記されている。

「叔父さん、信長は法華宗の本能寺を自分勝手に取り上げ、一向宗つまり浄土真宗とはとことん戦い、その上、天台宗総本山の比叡山延暦寺を焼き打ちにしたけど、彼は宗教上の信心とか心を支えるものとしては、別の何かを持っていたんですかね?」

達也の難しい質問に、丈太郎はちょっとためらった表情を見せたものの、すぐにいつもの落ち着いたすまし顔に戻った。

「まぁー、どうだろうねえー。色々な資料があるけど、結局、信長自身は孤独で、信じるものは自分自身だけ。神仏にすがっておびえて生きるのはごめんだと、そう思っていた部分があったと思うよ。だから、信長はかなり孤独で、独りよがりの男だったのかもしれないねぇ。それに、自分以外の他の力を蹴落とすエネルギーが人一倍強かったんだろうねぇー。ただし、あの〝バテレン（伴天連）〟の事件については、違う感性だったろうけど……」

丈太郎の口元が少し歪んで、言葉が途切れた。

叔父が何を考えているのか、達也には不思議に思えた。

京都寺町通りの本能寺資料室で、黙ったまま天井を見上げている片倉丈太郎は、菅沼達也の母・淑子の弟である。京都の私立高校で化学を教える五十一歳の独身教師だが、神社仏閣・歴史・考古学にも興味を持つ変った弟だと、母がこぼすのを達也は幾度となく耳にしている。

「……そうだね、信長の宗教心については確かなことは判らないね。けど、信長を少しでも理解するには、ローマ・カトリック教会のイエズス会宣教師ルイス・フロイスと信長との出会いを達也に話しておいた方がいいかもしれないなぁー。やはり、《バテレンの知識の広さと鉄砲の強大な威力》には、さすがに信長といえども感激してしまい、バテレンを利用するために彼等の布教活動を容認したんだろうねぇー。それに、あの黒いサムライの件もあったことだし……」

丈太郎は達也を促し、休憩室に向かった。

そこには、親子連れらしい二人と観光客と思える五十代の女性三人連れが缶コーヒーを手に話し込んでいた。他にも二組が入って来た。

「達也、外に出て話そうか！」

ここではゆっくり話せないと思った丈太郎は、近くの喫茶室へと達也を誘った。

「ねえ、叔父さん。バテレンのことだけど、これは、あまり聞きなれない言葉だよね……」

本能寺門前の道路はアーケードで賑やかに人が行き交い、旅行者らしいグループや二人連れも多く、逆に地元の人らしい買い物客は数えられるほどに少ない。土曜の昼は、コロナウイルス抑制後に増えたマスク無しの遠出の人々や旅行者も多く見受けられる。通りの各商店はコロナ流行後四年振りに活気を取り戻し、歩行者天国とばかりにノボリも多くはためいている。

錦小路手前の喫茶室「フランソア」は、丈太郎が時々休憩所として立ち寄る馴染(なじ)みの場所であるが、土曜にもかかわらず、都合よく奥のテーブルを使うことが出来た。レースの丸襟を着けたウエイトレスは顔見知りの丈太郎の好みを知っており、苦めのマンデリンコーヒーに甘いモンブランを添え、二人分を運んできた。

京都を代表する中心街の喫茶室では、クラシックの音楽に聴き入る客も見受けられる。

達也は浅く席に着き、コーヒーを口にしてから丈太郎の顔を見つめた。

「叔父さん、さっきの話に戻るけど、〝バテレン〟っていうのは、いったい何者ですか？

その辺がまだ判っていないんだけど……。それに、黒いサムライって？」

マンデリンを味わっていた丈太郎はケーキを口にしてから、ゆっくり達也を見た。

「そうだね、日本語で言う〝バテレン〟は、ポルトガル語のパードレ（padre）、つまり
〝神父〟という意味を持つ言葉からきたんだよ」

達也はコクリと頷いた。

「南の方、簡単に言えば、ポルトガルのローマ・カトリック教会の、そこのイエズス会から派遣されて日本に来た外国人の神父、これがいわゆるバテレンなんだよ。南から来た知らない外国人という意味で、日本では南蛮人と呼んだんだね。後になって拡大解釈して、商人や他の職種の外国人も含めて、外国人を南蛮人と呼ぶようになったんだろうね。初期の南蛮人を代表する人物といえば、決まったあの人物しかいないよね。歴史の時間に教わるローマ・カトリック教会のイエズス会宣教師で、ポルトガル人のフランシスコ・ザビエ

ルだ。この名前はほとんどの日本人が、一度は聞いて知っているよね」

首を縦に振る達也の顔を、丈太郎は満足そうにのぞいた。

「名前だけは教科書で見て覚えているけど、詳しくはねぇ……」

達也は自信なさそうに叔父の顔を見た。

「ザビエルは南蛮人の代表というわけだ。二年後にインドの教会拠点に戻ったザビエルの後任として、多くのイエズス会宣教師が日本に派遣されて来たんだよ。ここからは全くの推測だけどね……」

予め〈推測〉と断った丈太郎は、ニヤリとして達也を見た。喫茶室の白い壁が丈太郎の顔を輝かせていた。

「多くの南蛮人の神父が、パアドレあるいはパーデレと呼ばれているのを聞き知った日本人が、その呼び名を日本語的類似の発音でバァトレンと発声した。その発音がいつの間にか日本で固定化されて、〝バテレン〟という呼び名が作り出されたんじゃあないのかなー。バテレンつまり神父は、ローマ・カトリック教会の儀式典礼を担当する人物、時には司祭でもあるのだよ」

「なるほどねぇ。さすがに丈太郎叔父さんだ。雑学の幅と奥行きはかなり広く深いですねえー」

達也は感心して丈太郎を見つめた。

「バカ者、叔父さんを茶化すんじゃあないよ。ただ、知っているだけだからな。その内容が正しいかどうかは、これはまた別の問題だよ」

片倉丈太郎はやや謙遜(けんそん)気味に答えてコーヒーを口にした。

「達也、この店に来る途中の右側に、〝蛸薬師(たこやくし)通り〟の表示があったのを見たかい。文字が小さいから、気付かなかったかもしれないけど……」

蛸薬師通りを思い出すように達也は天井に目を向けたが、

「そう、気付かなかった。人も多いし……」

「そうか。あの蛸薬師通りを西側の二条城の方へ十五分も歩くと、〝本能寺の変〟の事件現場に着くんだよ。事件当時の本能寺はね、南側と北側に蛸薬師通りと六角通り、東と西には西洞院通りと油小路通りに囲まれた、かなり広い場所だったと記録されているんだね」

驚いた顔の達也は、ただ叔父の顔を見るばかりだった。

「そうなの、叔父さん！」

「そうだよ。十五年ほど前に発掘調査されたんだが、間違いなくその場所だと、報告書は示しているんだ。堀と塀に囲まれた城まがいの本能寺が、事実として浮かび上がってきたんだよ。本能寺の〈能〉の文字が刻まれた軒丸瓦（のきまるがわら）や、それに、大きな柱穴と礎石（そせき）などが見つかってね……」

「そう、そうだったのか！　信長が自害したあの事件は、見て来たお寺とは違う場所で起こったのか！」

　やや気落ちした顔を達也は見せた。

「あの寺の東側に事件関連の石塔が祀られていたから、僕はてっきりあのお寺が、信長の事件現場だと思い込んでしまって……。じゃあ、いま見て来た本能寺は、いつ頃出来たの？」

「事件後に、本能寺再興の願いを羽柴秀吉が聞き入れてね、先ほど見学したあの場所に新本能寺が再建された、というわけだ。事件後約九年、天正十九年誕生の新しい本能寺だよ」

　丈太郎は気落ちした甥を元気づけるように話題を変えた。

「事件現場の本能寺から約百メートル離れた東側に、当時としては珍しい南蛮寺が在ったんだよ。実は、黒いサムライがこの南蛮寺に関係する事が判ってね。やはり、織田信長の性格や特徴を分析するには、南蛮寺も黒いサムライも、共に欠かせない要因だと思うよ。この喫茶室から南蛮寺までは、本能寺の事件現場へ行くよりも、もっと近い場所に造られていたんだよ。そうだなぁ、ここから歩いて十分位かなー」

達也の顔に明るさが増した。

「叔父さん、行ってみたいです、その南蛮寺に！　どうして南蛮寺が消えたのか！　それが知りたいんです。納得出来ないです」

急に意気込んで《納得出来ない》と言い出した達也の変化に、丈太郎は不思議そうに首を傾（かし）げた。

（二）南蛮寺は雲の中

達也と丈太郎の二人がくつろぐ京都フランソア喫茶室は、国の登録有形文化財に指定された建物の中にある。

天井が高く、太く黒光りする梁と対照的な白壁は、クラシック音楽を楽しむ客を十分になごませている。

突如、達也の口から飛び出た《消えた南蛮寺》については、叔父・丈太郎も即座に対応出来ず、顔を上げた。

「南蛮寺が消えたって？　達也、どういう事だ！」

コーヒーを口にした達也はしばらく黙っていたが、叔父・丈太郎の顔を見つめ、

「やはり変です、叔父さん。僕は地元の米沢で何度もあの有名な国宝の屏風を観ているんです。あの屏風には、確かに、南蛮寺は描かれていませんでした。これは僕の勘違いじゃないと思いますが……」

達也は自信なげに、しかし、実物を繰り返し観ているというもう一つの自信が、本人の表情の裏に隠されていた。

達也は山形大学大学院の学生で、電子工学を専攻している。現在は大型医療検査機器の共同研究開発のため、京都の或る企業の研究室に派遣され、その社宅に滞在して一カ月となる。達也の共同研究は、大学の派遣研究委員会の承認のもと、一年間と規定された試験

研究である。

　急に屏風の話を持ち出した達也の言葉に、丈太郎の対応は速かった。

「なるほど、達也は米沢市生まれだよなぁー。だから……」

　達也が住んでいた山形の米沢市で『国宝の屏風』といえば、織田信長が越後の上杉謙信を抱き込むために贈った『洛中洛外図屏風』を指す。京の都の賑わいを絵図にした狩野永徳二十三歳の代表作品で、注文主は室町幕府十三代将軍・足利義輝である。義輝自刃の後に信長が上洛し、天正二（一五七四）年三月、信長が上杉謙信に贈った屏風である。

「そうか、上杉博物館の国宝『上杉本洛中洛外図屏風』を、達也はその目で、何度も観ているんだよなぁ！　この間まで米沢に住んでいたんだから、いつでも観たい時に観に行ったわけだ！　しかしなぁ、だからといって……」

　狩野永徳が筆をふるった国宝の上杉本屏風が京都の国立博物館で特別展示された折には、展示期間中、丈太郎は二度も赴き、繰り返し観ている。その上、姉・淑子の家を米沢に訪ねた時にも、上杉博物館に足を運んで観ていた。

　三度も見た屏風絵の中に、南蛮寺が描かれていたかどうかなど、丈太郎の脳裏には少しも思い浮かんでこなかった。

「達也、君はよく覚えていたな！　あんなに沢山の神社仏閣、町家や人物、それに御所や祇園祭の山鉾巡行など、左右合わせて十二面もある屏風に描かれた永徳の絵の中にだよ、たった一つの南蛮寺が描かれていたかどうかなんて、俺の脳は全く作動しなかったね！」

丈太郎は自分の観察力の無さに気落ちしている表情だ。

「叔父さんこそ、よくまあ、色々な物事を整理して、キチンと記憶しているんですね。それこそが、僕にとっては驚きですよ。実は、叔父さんが先ほど話した《南蛮寺》という名前に誘われて、僕の記憶の中にあった《驚きの南蛮寺》が引き出され、急に浮上してきたんです。その寺の印象があまりにも強くて、それでついさっき〝南蛮寺の跡地に行ってみたい〟と口から出てしまったんです」

自分の中の印象深い南蛮寺のいきさつを、達也は話し始めた。

「先週、神戸で研究会があって、翌日は神戸市立博物館へ行く機会があったんです。その博物館は三ノ宮駅の近くで、ホテルへの帰り道に立ち寄ったんですよ。その中に、何と三階建ての《南蛮寺の絵》が展示されていたんです。南蛮寺を描いた見事な扇子絵でしたね……」

達也はケーキを口にして、一息入れた。

「それが、狩野派の絵師が描いた名所図絵《扇面洛中洛外図》の一部分で、狩野永徳の弟・元秀の作品でした。扇子に描かれた見事な図柄で、解説では、《南蛮堂として描かれた》とありました。また、別の説明には《通称は南蛮寺として知られている》ともありましたね。青味がかった瓦屋根の三階建てで、先ほど叔父さんが話した神父・バテレンの幾人かと一緒に、信者と思える人物や着物姿の女性も、南蛮堂の絵の中に描かれていましたよ。一階は白壁で囲まれていましたが、二階にはフェンスが設置され、数人の人物が描かれていました。三階は窓に囲まれた居住区域に見えましたねぇー」

しかも、その絵の中には、南蛮寺の門前に南蛮人の帽子を売る店が描き込まれていたと、達也はやや興奮気味に話した。南蛮帽子の商品までも判るほど克明に描かれた画面は、当時の京都の文化・社会生活を浮き彫りにしていたとも、更に鼻息を荒くしてまくし立てた。

「そうか、君が南蛮寺の絵にそんな出会いをしていたとは知らなかったよ。じゃあ、南蛮寺がどんな感じの教会だったのか、おおよその見当がついたわけだ」

丈太郎は南蛮寺と信長との関わりを話し始めた。

「君と同じように、叔父さんも神戸市立博物館の扇子絵図で、あの南蛮寺の絵を観ているよ。確かに、当時の下京（しもぎょう）にあんな建物が出来たなら、南蛮人に見下ろされる京都人の意識は、間違いなく反発したと思うよ。何しろ、高く大きい建物は御所や神社仏閣以外に見当たらない京都の町人街では、ほとんどが平屋で、南蛮寺のような三階建ての建物は目立つばかりだからねぇ。しかし、南蛮寺の建設を許可したのは織田信長だから、下京の町民や寺の坊さん達がいくら反対しても、不平不満を申し立てても、全く無駄なわけだよ」

丈太郎はウエイトレスを呼び、氷入りの水を頼み、達也はブレンドコーヒーとレアチーズケーキのセットを追加した。

店内には、見果てぬ布教を目指し苦難の航海をしたイエズス会のザビエルを讃(たた)えるように、ドボルザークの「新世界」が流れていた。

丈太郎は、ザビエルの後のポルトガル人宣教師ルイス・フロイスが十六世紀後半に書き残した『日本史』の中の〝信長像〟について話し始めた。

「インドのゴアで、ザビエルの日本布教の困難さを聞き知ったフロイスは、日本での布教活動を目指して、神父として赴任したんだね。一五六三年、三十一歳の夏だよ。到着した長崎の横瀬浦港から苦難の道が始まったわけだ。今では横瀬浦港にフロイスの記念像が建って港を見つめているがね。彼は織田信長に十六回も面会して、信長の野望や創造を具体的に知り得た唯一の外国人だからね。だから、フロイスが書き残した『日本史』は外国人が見た戦国時代の日本を記した、唯一の、そして歴史上はとても貴重な記録で重要なんだよ」

甥の興味度合いを探るように、丈太郎は氷が入ったカップを手にして、達也の顔をのぞいた。

「叔父さん、南蛮寺や黒いサムライの話を聞かせてくれるのなら、もう少し付き合ってもいいですよ。今日は土曜だし、叔父さんに夕食をご馳走になるつもりでいますから、よろしくお願いします！」

達也の反応は《聞いてあげます》、《ご馳走さま》など、丈太郎のお客様にすっかり変身していた。

ひとり身の丈太郎は、特に帰宅時間に縛られることもない上、他に約束もないらしく、達也の要求には黙って頷いた。

しばらくして、二人は喫茶店を後にした。

既に五時半をやや過ぎている。

街灯がともり始めたものの、まだ昼の残光が街灯の灯りをのみ込み、道行く人には意識されないままに、道ばたに並んで見えた。

京都の中心街ともいえる四条河原町の、裏手の木屋町通りを高瀬川に沿って下り、団栗橋へと丈太郎は歩き始めた。

まだ春の余韻を残す桜の木々は、青く小さい実をふくらませ始め、葉も青々と川風にそよいでいる。それらを眺めながら達也は鼻歌交じりでご機嫌だった。

京都南座の灯りが目につき、普段は見る機会も無かった南座の建物の、その後ろからの姿を眺めるのに達也は立ち止った。

辺りはほとんどが飲食店で、一部は商店も入り交じっているが、やはり少ない。

「叔父さん、この辺は京都の繫華街ですよね。裏道は何だかワクワクしますね。よく飲みに来るのですか？」

丈太郎はニヤリとして首を傾げ、橋を指差した。

「あの団栗橋を渡れば、すぐ祇園の町だよ。道を直進して、建仁寺を過ぎれば舞妓や芸者の歌舞練場、そして石塀小路とねねの道。そこから先は高台寺や八坂の塔に向かうことになるなぁー。まぁ、京都旅行者の観光ルートみたいなものだね」

「そうですか。僕はまだ、そのどれにも行っていませんね。いつか時間があれば、観光目的であちこちを観て回りたいですよ。この京都での共同研究に目処が付けば、是非、叔父さんが勧める観光の場所へ、のんびり行ってみたいですね。その時には特別な推薦ルートをお願いしますね、叔父さん」

二人は橋の上で辺りを見回し、のんびりと団栗橋を渡った。

五月半ばにしては、鴨川の水が少ないように達也には思えた。今頃の米沢市内を流れる最上川支流の松川には雪解け水が流れ込み、かなり増水している頃である。達也の脳裏に米沢の上杉神社が浮かんでは消えた。

通りを少し歩いて間もなく右に折れ、路地裏の閑寂な通りに入った。その中の、こぢんまりした日本家屋の白い暖簾に手をかけた丈太郎は、右下に染め抜かれた絵文字を指差し、目配せをした。

「ほら、亀の絵と矢が染め抜かれているだろう。店の名前は亀屋って言うんだヨ。全く単純なんだ！」

間口は狭い感じを受けたが、中は意外に広いと達也には思えた。左手はカウンター席で、右側には畳座敷の一角があり、テーブルが三つで、それぞれが衝立で仕切られていた。

店の奥から声がした。

エプロン姿の女性が長い暖簾をかき分け笑顔を見せ、

「おかえ……アッ！」

慌てたように、

「いらっしゃいませ！」

と、言い直した。

丈太郎は笑いながらカウンターの椅子を指差したが、話をするなら奥の畳のテーブルをと、女性は勧めた。

「初めてのお客様とご一緒にお見えになるなんて、珍しいですわね。新任の先生ですか？」

丈太郎はエプロン姿の女性を手招きし、

「裕美（ゆみ）さん。紹介するけど、この男は僕の甥で、菅沼達也。大学院生だけど、京都の研究所と一緒に仕事をすることになって、それで京都に来た例の男。これからは、時々顔を出すと思うけど、よろしくお願いします。お金はないけど食い意地だけはけっこう張っているので、何分にもよろしく……」

裕美は笑顔を見せ、エプロンの上で手を重ね、丁寧に頭を下げた。細面（ほそおもて）で髪を束ねている。

達也は挨拶を返しながら、四十四、五歳に見えるもの腰の低い裕美を美しいと思った。

和服姿は一層落ち着いた雰囲気を醸し出し、達也は料理への期待感が高まった。

「何をお持ちします？」

と言いながら裕美は奥に行き、枝豆に鰹節をかけた突き出しと、丈太郎の好物、冷や奴を盆に載せ、冷えたビールを手にして戻って来た。

「若い人はお腹が空いているだろうと父が心配して、今、名物〝鰻の雑炊〟を作っていますから、少し待って下さいね。その間のお口汚しに、柿の葉寿司を少しだけ……」

ビールのグラスと一緒に柿の葉寿司をテーブルに置いた。

「それじゃあ、達也の京都デビューを記念して、亀屋のビールで乾杯だね。裕美さんもお願いします」

グラスを手にした裕美も笑顔で加わり、達也の歓迎会が始まった。

夜の京都にはまだ早い時間だが、三人連れの常連客がカウンター席で飲み始め、カウンターに移った裕美が忙し気に対応しているのが達也の席からよく見えた。

「おい、達也。ビール以外の飲み物でもいいんだぞ」

「じゃあ、叔父さん。日本酒を……」

丈太郎は席を立ち、奥の厨房へと入っていった。

叔父の行動を達也は不思議に思ったが、叔父が常連客の一人だと理解して、丈太郎の動作をただ目で追っていた。

間もなく、丈太郎は銚子二本と猪口を盆に載せ、テーブルに運んできた。別人のような丈太郎には、いつもと違い渋い顔はなかった。

「おい、これを受け取れよ。他にもあるんだから……」

日頃の叔父とは違う丈太郎を目の前に、達也は叔父の幅広い対応性と機敏さに驚いた。

しばらくして、

「おーい、丈さん。出来たヨー」

厨房からの呼び声に返事をして、丈太郎は奥へと消えた。が、やがて中型の鉄鍋を木の鍋敷きに載せて運んできた。

鍋には香ばしい匂いの鰻雑炊が卵でとじられていた。

人参、ごぼう、椎茸に加えて、九条ネギが色どりを添えている。

「この鍋はナー、達也。この亀屋の店の伝統ある逸品なんだから、心して味わえよ。昔から在ったこの鴨川筋の味わいで、今ではこの鰻雑炊を食べさせる店も少なくなったから、この味はとても貴重なんだぞ」

自慢げに話す丈太郎の後ろから、白い作務衣と前掛けを着けた白髪の男が、茶碗と杓子、それに漬物の小皿を運んできて、

「おいでなさい。丈太さんの甥ごさんだそうで、ご贔屓にお願いします。どうぞごゆっくり」

と、白髪頭を下げて奥に下がった。

達也は、緊張気味に挨拶を返しながら、無駄のない挨拶をした作務衣の老人に興味が引かれた。

丈太郎を《丈さん、丈太さん》と呼んでおり、叔父とはかなり関わり合いが深いご主人であろうと達也は推測した。

「後で、また顔を出します……」

と話す白髪のご主人に、丈太郎は丁寧に頭を下げ、笑顔で対応した。

「あの方はね、俺が教えている高校の、かつての校長先生なんだよ。この亀屋の店の存続が絡んだ時期に、定年間際で学校をお辞めになったんだが、今、この亀屋が存続しているのは、その結果だよ」

達也は、叔父が丁寧に対応している姿を見て、ようやく納得が出来た。

短く刈り上げた白髪頭は板前然（いたまえぜん）としているが、丈太郎が勤務する高校のかつての校長だったという話は、達也には意外だった。

　丈太郎は慣れた手つきで鰻雑炊を茶碗によそって達也に渡し、自分も口にした。

　ほのかな鰹節の香りと昆布出汁（だし）の雑炊の味わいに、白焼き鰻の歯触りと旨みとが交じり合い、お腹の空いた達也には堪らない逸品だった。その上、雑炊の旨みで包まれた小さな餅は九条ネギや人参と相まって、達也の胃袋を十分に満足させた。

　鰻雑炊と一緒に、二人の日本酒も進んだ。

「達也、ご主人の仲間源太郎先生は日本史を教えられていたんだよ。だから、先ほど達也が問題にした、《消えた南蛮寺》や《信長の宗教心と本能寺の事件》などを仲間先生にコメントしていただけたらと思って、この亀屋に来たわけだよ。俺は他にも用事があったけど、それは、またの日にまわすよ……」

　丈太郎は日本酒の燗を頼むのに、厨房へと声を掛けた。

　いつの間にか四組ほどのお客が入っており、店内はほぼ満席の状態で、笑い声や話し声がカウンターやテーブル席を満たしていた。二人の若い店員が忙しげに立ち働く様子を見て、お客商売の煩雑さを達也はつくづく思った。

夜も九時を過ぎ、客の好みの注文も一段落した様子で、亀屋の主人が生麩の味噌田楽と川エビのから揚げを小鉢に入れて顔を見せた。

左手には大き目の茶封筒を抱えている。

「お待たせしましたね。ようやく手が離れましたので……」

と言いながらテーブル席に着くなり、亀屋の主人は茶封筒から書きかけの原稿や印刷物と一緒に、現在の京都の地図と金色に光る絵図面を取り出した。

「ちょっと失礼。そこの皿と鍋は端に寄せて、これを拡げますよ」

主人であり元校長でもあった仲間源太郎は、地図と絵図面を拡げてから、作務衣に入れてきた猪口(ちょこ)を取り出して丈太郎に酒を要求した。

「あまりのんびり出来ませんが、先ほど丈太さんから聞いた話では、フロイスが情熱をかけて建設に関わった《南蛮寺》が、国宝の『上杉本洛中洛外図屛風』の中から消えた、という驚きの話でしたね。それで、その謎解きの手伝いにやって来ましたよ。実に興味ある問題で、落ち入りやすい穴があるんですね。この問題の提起は達也さんですよねぇ」

主人は半分笑った優しい目で、達也を見た。

恐縮しながら達也は頷き、小声で、

「ええ、そうです。弟が描いた《南蛮寺》が、兄が描く『洛中洛外図屛風』絵の題材にならないはずはない、と思えるんです」

達也の声はしだいに張りを帯び始めた。

「この二人は、狩野派の頭領とその弟なのですよ。二人が物事を捉える感性にはかなり似た部分があったと思います。ですから、南蛮人が建てた珍しい三階建ての《南蛮寺》が、狩野派兄弟の都を紹介する洛中洛外図の題材にならないなどとても考えられません。弟の狩野元秀は《南蛮寺》を名所図絵《扇面洛中洛外図》に描いたのに、兄の永徳は《南蛮寺》を屛風絵の題材から外しているのです。僕の記憶が正しければですが、兄・狩野永徳の国宝『上杉本洛中洛外図屛風』からは《南蛮寺》が消えていました。仲間先生、これについて、是非、先生のコメントをお願いします。やはり、僕の思い違いだったのでしょうか？」

菅沼達也はこの亀屋の主人で、もと日本史教師だった仲間源太郎に深々と頭を下げた。

「いやいや、達也さん。そんなに意気込まないで下さい。私は、この店の単なる亭主で、今は趣味で歴史と考古学を少しかじっているだけの爺さんですよ。ですから、大したコメントは出来ませんので、あらかじめご承知おき願いますよ」

主人はテーブルの上に拡げた京都地図の、西洞院通りと蛸薬師通りの交点、更には、油小路通りと六角通りとの交点を指差して、

「この範囲が織田信長の自決した、あの本能寺が建っていた場所ですよ。西洞院通りの横に川が流れていて、本能寺は川と三つの堀に囲まれた小型の城塞みたいに、この一角に在ったのです。その当時の本能寺全体の姿は、狩野永徳の『上杉本洛中洛外図屏風』の中でしか見ることが出来ません。この本能寺は、もう、焼け落ちてしまいましたからね……」

亀屋の主人は、京都市街地図の隣に拡げた国宝・上杉本屏風の、その写真の拡大絵図面を指差し、達也と丈太郎の顔を交互に見くらべた。

国宝・上杉本のコピー絵図面の屏風図は、左右二つに分かれていた。右側（右隻（うせき）、下京隻）は六枚の扇（せん）がつながった屏風で、京都市中の南側に当たる下京の街並みを西から眺めた構図で描かれている。左側（左隻、上京隻）も同様に六枚の扇から成る屏風で、京都市中の北側に当たる上京区域を東から眺めた洛中と洛外を描いている。

亀屋の主人は右隻四枚目の下の方を指差して、

「ほら、本能寺は、ここに在りますよ。これらの建物全体が当時の本能寺ですね。小さい文字で読みにくいのですが、法（本）能寺と筆書きされていますね。これが、そのお寺で

す」

　と、達也を手招きし、紙袋からルーペを出して手渡した。

「このお寺が明智光秀に襲撃された当時の本能寺と思って下さい。建物は四、五棟見えますが、周囲は遠近感を隠す手法の雲で覆われていますね。本能寺の横に描かれている川沿いの道が西洞院通りで、祇園祭の山鉾巡行が描かれている通りは四条大通りです。ここで問題なのは、《南蛮寺》が何処に在ったのか、という事です」

　元校長の仲間源太郎は、南蛮寺の位置を拡大絵図面の上で確認しようとしていた。

「丈太さん。《フロイスの日本史》によれば、ルイス・フロイス自身が建設に関わった《南蛮寺》は、信長が宿泊していた本能寺からわずか一町を隔てた所に在った、と書いてありますよね。これはもう間違いない事実ですね！」

「ええ、そうです先生。翻訳された《フロイスの日本史》には、〈我らの教会は信長の場所からわずか一町〉と書いてあります。つまり、《南蛮寺》と本能寺とは約一町の距離で建てられていたのです。一町は六十間で、一間が一・八一メートルですから……」

　と、丈太郎が達也を見ると、

「約百九メートルの距離です」

達也は即座に答えた。

「そうですよ、達也さん。つまり、本能寺と《南蛮寺》との間は約百メートル。ほんの、目と鼻の先の距離ですね。つまり、京都の町名からすると、一つの町を飛び越した次の町辺りに《南蛮寺》が在った事になります。遺跡発掘からは、その場所は姥柳（うばやなぎ）町でした。本能寺から東に向かい、新町通りを過ぎて室町通りに着く手前に、その《南蛮寺》が在ったのです」

仲間源太郎は国宝・上杉本屛風の拡大絵図面の上で、室町通りと、それに沿って流れる川を指差し、次いで、本能寺を指差した。

「この二カ所の間に、《南蛮寺》は見つかりません。達也さんが言われた通り、狩野永徳の描く白雲に覆われて、《南蛮寺》はその雲の中なのです」

達也はニコリと微笑んで丈太郎を見た。

「ですが、残念です達也さん。それは間違いなのです！」

微笑んでいた達也の顔はしだいに真顔になり、

「えー、どうしてですか！《南蛮寺》は雲の中ですよね、先生」

「残念。違います！　確かに狩野永徳は室町幕府十三代将軍・足利義輝の命令で都の姿を描きました。画題は『花洛尽』です。つまり、洛中洛外の都の華やかな姿を屏風絵にしたのですよ。作品が完成したのは永禄八年、一五六五年九月三日、永徳二十三歳の時です。達也さん、ここがポイントです」

達也と丈太郎は仲間源太郎を見つめた。

「丈太さん。《南蛮寺》が姥柳町に建設され、初ミサ（儀式）が挙げられたのはいつ頃でしたかね？」

「確か、一五七六年の夏だったと思いますよ」

「そうだとすると、達也さん。やはり無理ですね！　永徳が一五六五年に『上杉本洛中洛外図屏風』を描いてから約十年後の一五七六年に、《南蛮寺》が建設されたのです。これは、いかに天才絵師の狩野永徳といえども、建てられていなかった《南蛮寺》を屏風絵の題材にする事は出来なかったのですよ。しかし、達也さんの表現は気に入りましたね。《南蛮寺》は雲の中!!」

仲間源太郎の顔は亀屋の主人に戻っており、丈太郎の前に盃を突き出して、一介の酒好きな男に変身していた。

（三）黒いサムライ

菅沼達也が小料理亀屋から戻り、社宅の風呂に入ったのは、夜の十二時直前だった。明後日（あさって）、月曜の実験段取りを早めに切り上げたが、達也の頭から離れなかったのは、亀屋の主人・仲間源太郎が語った南蛮寺の役割の凄さだった。

元校長の話からすると、達也が興味を持った南蛮寺は、日本の戦国時代をガレー船に例えるなら、その帆船の舵をにぎる操舵室（そうだしつ）であったという。

十六世紀半ばのポルトガルは日本との交易交渉により、日本の銀貨・銀塊を大量に持ち帰ることで、国際貿易資本を強化・拡大するのに専念していた。それは、また同時に、海洋貿易に目を向け始めたオランダやイギリスの世界進出を抑え込むためのポルトガルの戦略に大いに貢献した。このポルトガル貿易と抱き合わせたローマ・カトリック教会イエズス会宣教師達の日本布教の一大拠点こそが、本能寺から百メートルほど離れた京都姥柳町の南蛮寺であったと、元校長の仲間源太郎は熱く語った。

京都を拠点に織田信長の庇護のもと、ポルトガル貿易の海外拠点マカオから日本に持ち込む中国産の生糸（まだ撚らない絹糸）と、その交易代金としてのポルトガルへの日本銀貨（銀塊）の持ち出しは、ポルトガル商人達とイエズス会とで設立した協同出資組合アルマサンの特権事項であったという。

達也は、イエズス会宣教師達の裏の重大な役割とその政治権限への影響の大きさに、只々驚きを隠せなかった。

イエズス会が日本の商業のみならず火薬や銃砲などの家内工業や鉄鋼技術、更には戦国大名の政治動向にさえ影響を及ぼし得た事実は、当時の日本中の誰しもが思いもしない出来事だった。

亀屋の主人仲間源太郎は、イエズス会の布教を許した信長の性格に触れ、冷静沈着に物事を見極め、相手の弱点に向かって一挙に攻撃を仕掛ける冷徹な武将であったと、美味そうに酒を飲みながら目を細めて話した。

当然のことながら、仏教界各宗派はキリスト教イエズス会排除へと一斉に矛先を向け始めた。が、織田信長だけはそれを逆手に取って、自分の前に立ちはだかった浅井・朝倉勢と手を組んだ比叡山延暦寺や一向宗（石山本願寺）など、仏教界の力を排除することにキリスト教イエズス会の秘めたる力を逆に利用したという。

　その例として亀屋の主人が話し始めたのは、摂津伊丹城主・荒木村重が石山本願寺（一向宗）と手を結び、織田信長に逆らった時の信長の対応だった。荒木村重と手を組んでいた高槻城主でキリシタンのジュスト高山（高山右近）をイエズス会宣教師オルガンティーノが説得して信長に降伏させ、ジュスト高山の城を信長に引き渡した。その結果、高山右近が離脱して弱体化した荒木村重の軍勢は信長によって一気に敗られた。この結果、信長に抵抗していた石山本願寺の戦力も、極端に減弱した。

　このイエズス会によるジュスト高山の説得と引き換えに、信長は重要な報酬をイエズス会に約束したという。

『高山右近がこの信長に忠節いたすよう、バテレンは骨折りいたせ。さすれば、バテレン会堂（教会）をいずこに建立（こんりゅう）するも苦しからず。さよういたさねば、キリシタン宗門は断絶にいたす』

との言質をイエズス会に与えている。

織田信長がイエズス会に建設を認めたバテレン会堂こそが、達也が話題にした京都姥柳町の『雲の中の南蛮寺』である、と亀屋の主人は高笑いしながら丈太郎と達也に酒を勧めた。

亀屋のお客がボツボツ帰り始めた頃、カウンター席から戻った細面の裕美が話の輪に加わり、亀屋の主人はまたも熱弁をふるった。

「お父さん、生麩の味噌田楽と、それに青唐辛子とジャコの炒め煮を持ってくるわね。これは、丈太先生の好物でしょう。ピリッと辛い青唐辛子にジャコの旨みが染み込んで酒が進むわよ。それに、味がよく染みたおでんもね。持ってきたら、私もここでご一緒に、いいかしら……」

叔父の丈太郎が裕美の座る場所を自分の横にセットして、一人頷いているのが達也にはおかしかった。叔父は、どうも裕美を待っているらしいと思えただけで、達也に笑顔が浮かんだ。

「仲間先生、信長は比叡山を焼き払い、一向宗の石山本願寺と戦いましたが、彼はいったい、どんな信仰を持っていたのでしょうか？」

気になっていた信長の信仰を達也は口にした。

「えーと、これは難しいですよ、達也さん……。そうですねぇー、端的に言えば、彼は信仰を持たず、自分自身が好きで、自分が神に代わる最高の人物だと思い込んでいたのではないでしょうか！　現実的な現世利益を主張した信長ですから、この点では、商・手工業者の功利主義と一致しますね。宗教上は、娑婆即寂光土を説く法華宗に近いですね」

「寂光土、法華宗ですか？」

「厳密には少し違うかもしれませんが、要は、現世に永遠の浄土があるとする考え方ですね。確かに、信長が京都で寄宿した妙覚寺・本国寺そして本能寺等は全て法華宗です。ですが、信長が法華宗に帰依した記録はないですね。それに信長は、神道とも手を結びません。やはり信長は、自分自身を神に仕立て上げたいと思っていた男だったのでしょう。

信長の安土城は七層の建築ですが、最上の天守閣には自分の茶室を設けて、正親町天皇がおいでになられる時の居間は下層に設計していますね。つまり、自分を超えるものは何者も許さない、それが織田信長の信念だったのでしょう」

「信心するものは何も無く、何事にも頼らない。自分自身だけをただ信じ切る。仲間先生、それが織田信長の生き方ですか……」

「そうでしょうね。でもね、達也さん。信長の生き方は四角四面でとんがり過ぎだ、との批判はあっても、人間・信長の中にある何かが涙して、心の中では角を削り、自分の中ではバランスを取っていたと思えるけどね……」

「そうですねぇー、先生。もしかして、外国人のフロイスから見たら、信長のそのあたりの心情が見抜かれていた可能性はあるかもしれませんね」

達也は、向かいの席に座る丈太郎を見た。

「叔父さん。フロイスの『日本史』には信長の信仰や生き方をどう表現しているんですか?」

「そうだね。フロイスは確か十六回ほど信長に会っているけど、彼の書いた『日本史』によれば、信長は神や仏、あらゆる種類の偶像、それに異教的な占いの全てを軽蔑しているんだね。それに、えーと……」

亀屋の主人が紙袋からメモ帳と印刷物を取り出して、丈太郎の前で開き、指で示した。

「そう、【宇宙の創造者はなく霊魂の不滅もなし。また、死後には何物もなし】と、信長は言い切っているね」

「達也さん、私が持っている資料では、フロイスは信長のことを他にも書いていますよ。

信長は正義と慈悲を心がけて名誉を重んじ、決断事は極秘で、戦略は巧みで緻密である。他にも、優れた理解力と判断力を備えているが、しかし、家臣達の進言には従わない、とも書いてありますね。それから、話す際の前置きは嫌いだ、との記録もありますよ」

宣教師のフロイスは信長の性格を細かく分析していた。

「仲間先生、信長は心の内をフロイスに読まれるような、そんな弱さを、やはり見せなかったんですねぇー」

お盆に小鉢と取り皿を載せた裕美が、二合徳利をテーブルに置きながら達也を見た。

「達也さん、そんなことないと思いますわ。信長はちゃんと弱い自分を皆に見せつけていたと思いますね。ただそれを周りの人達が気付かなかったか、あるいは気付いていても知らぬ振りをして、いっさい記録に残さなかったのかもしれませんね。強い信長にも他人には見せない弱い裏の恥部が在って、その部分の信長は間違いなく強い『黒いサムライ』を頼りにして、『本能寺の変』までの最後の一年三カ月を『黒いサムライ』と共に生き切った、そんな気がしますわ……。信長にこの満足感が在ったからこそ、明智光秀による『本能寺の変』での無念な最期のその時を、潔い『信長自決』の一瞬に転換して、信長は自らの切腹に踏み切ることが出来たのではないでしょうか。私には、そう思えてなりませんわ……」

裕美の澄み切った声が響いた。

三人の男は、それぞれに裕美の顔を見つめ直した。

何事もなかったかのように、裕美は生麩の味噌田楽、それに青唐辛子とジャコの炒め煮と深鉢のおでんをテーブルの上に並べ、丈太郎の横に座った。

「ずいぶん大胆な見方だなぁー、裕美は……」

「そうでもないわよ、お父さん。信長のような自信過剰で自己中心的な男の人の特徴は、ほとんどが母親にぴ、っ、た、りなの。母性に弱い事が共通点です。私のかつての夫もこの条件にマッチしたので、それが嫌で十年前に離婚したのよ。私は国語教師だったから自立して生きてきましたけど、この事はお父さんにも前に話しましたから、判っていただけるでしょ」

「まぁ、そう言えば……。そう、そうだね……」

「だからね、お父さん。信長は自分をさらけ出して受け止めてくれる、そんな母親のような深く大きな拠り所が欲しかったのだろうと思えるわけね。その上に、みんなが目を見張り、驚き、そして憧憬(どうけい)する、自分以上の、そんな人物との出会いを信長自身が待ち望んでいたと思えるの……。そんな信長にぴったりフィットした人物が、あの『黒いサムライ』と言われた人物だったのよ！」

驚いた顔で裕美を見つめ、『黒いサムライ』を理解出来ないでいる達也に気付いて、丈太郎が口をはさんだ。

「達也、君が気にしていた、あの『黒いサムライ』の話がようやく登場したよ。この『黒いサムライ』の事件はだね、『本能寺の変』が起こる一年チョット前にさかのぼるんだが……」

丈太郎が話し出したのは、『黒いサムライ』の登場と、織田信長との出会いだった。

丈太郎はイエズス会巡察師の話から始めた。

イエズス会アジア地域の本拠はインドのゴアにある。イエズス会員を取り仕切る元締め的権限を持つ巡察師で司祭のアレッサンドロ・ヴァリニャーノが、日本のキリスト教布教の現状視察のため、インドのゴアから日本に派遣されて来たのは一五七九年の事である。二年間の巡察期間中に、島原藩主・有馬晴信を受洗させ、領主・大村純忠から長崎と茂木のイエズス会への寄進を受理している。それ以来、長崎はイエズス会の寄進地として長年にわたり機能した。巡察師ヴァリニャーノは帰国にあたり、信長への挨拶のため九州からわざわざ船で堺の港に着き、高槻を経て京都に向かった。その折に、外国人で初めて見る縮れ毛、その上墨色肌のいかつい大男が堺の港で船を降り京都に向かったとの噂が立ち、巡察師達が宿泊する京都南蛮寺の門前では、思いがけない事件が持ち上がったという。

京都では、初めて見る墨色肌の護衛兼従者の大男を見るため、南蛮寺の門前は見物人で埋め尽くされた。肌の色の噂話や従者の縮れ毛評価などを口々に、押し寄せた住民達の混雑による圧力で、南蛮寺の門が壊れ、大騒ぎとなった。

この騒動は、約百メートル離れた本能寺屋敷の織田信長が知る事となり、信長の要望で墨色肌の従者は宣教師オルガンティーノに連れられ、本能寺に向かったという。

丈太郎は一息つき、次いで達也を見た。

「これが『黒いサムライ』の幕開けだよ。この男は日本語の長崎弁やポルトガル語、スペイン語、インドのヒンズー語、それに、この男の生まれ育った母国語など、多言語を話せる有能な人材だと思えるね」

丈太郎は〝確信はないが〟と断りながら、更に続けた。

「殿、バテレンが参りました」

「そのまま、近こう、近こう……」

手招きした信長の周りの空気は張りつめ、一座の眼が自分一人に向けられているのを肌で感じたその男は、宣教師オルガンティーノに教わった通りに膝を折り、目を伏せながら、ぎこちないすり足で信長の前に進み出て座った。

信長は目をむき、男を見据えた。

眼は男をとらえて動かず、口髭がピクリと動いた。

男も見つめ返した。

無表情だが信長の眼光をはじき返すかのように瞬きもせず、まるで蛇の眼のように、男の瞳にはただ冷たさが漂っていた。眼はやや充血していた。それはまるで、一歩も引かぬ力士を思わせた。

信長は男から目をそらし、小姓の蘭丸を振り返った。

「腕も背中も洗うてみよ！」

しかし墨色肌は変わることなく、むしろ濡れた布の摩擦で赤みを帯び、ただ赤黒さが増しただけだった。

その場に同席した信長の側近で記録係の太田和泉守牛一は、正式記録としての『信長公記』に、この男を『黒坊主』と記録している。

【キリシタン国より黒坊主参り候。齢二十六、七と見えたり。
惣の身の黒き事、牛の如し。彼の男健やかに、器量なり。
しかも強力、十の人に勝れたり】

また、宣教師フロイスの書簡によると、この接見の場には、信長の子供達も来ており、【皆が非常に喜んだ】と書かれている。

一五八一年三月二十七日、本能寺の信長屋敷での事である。

信長が接見をした二日後、巡察師ヴァリニャーノは帰国の挨拶で本能寺を訪ね、イエズス会保護の願いと、ヴァリニャーノの護衛兼従者である黒坊主の進上を申し出た。信長は自身の警護と外国の知識がある話し相手として、黒坊主の進上を承諾している。

元校長のメモ帳を見ながら説明をしてきた丈太郎は、話した内容の確認を仲間源太郎に求めた。

「いかがでしたでしょうか?　先生」

「丈太さん、良い出来でしたよ。あえて補足するなら、あれですね。ほら、あれ……」

「お父さん、黒坊主の名前でしょう！　それに、身長も！」

「そう、それだよ、裕美。スーと口に出てこないので、困ったもんだねぇー」

達也は、亀屋親子の話を聞きながら、米沢にいる母・菅沼淑子を思い出し、ひとりでに頬がゆるんだ。

亀屋の主人は名物の生麩の味噌田楽をほおばりながら、黒坊主の名前と背の高さについて話し始めた。

「甲州武田攻めの後、織田信長が安土城に戻る途中で茶を振る舞った徳川家康の家臣・松平家忠は、信長の身の回りで黒坊主が小姓として立ち働く姿を見て、その状況を『松平家忠日記』に書き残しているんですね。


【上様御ふち（扶持）候大うす（ゼウス）進上申候、くろ男御つれ候、身ハすみノコトク、タケハ六尺二分、名ハ弥助（彌介）ト云】

この内容から、ヴァリニャーノの護衛兼従者だった黒坊主は、信長から扶持米を貰うサムライ（侍）として、しかも、信長の身の回りで世話をする小姓として、信長に仕えていたことが判ります。

信長はこの男を大変気に入り、甲州武田攻めに供回りに加えたのでしょう。名前は彌介といい、肌は墨のように黒く、身長は六尺二分で、約百八十八センチメートルだった事が判ります。当時の日本人男性が百三十〜百六十センチメートルだったと推定するなら、サムライ彌介は雲を突くような大男に見えたのだろうと思いますね。

太田牛一の『信長公記』では、彌介は二十六か七歳に見えると記載していますが、この年齢推定はあまり当てには出来ませんね。外国人を見慣れていない太田牛一の評価ですから、彌介はもっと若かった可能性がありますね。

それに、当時の日本人の身長ですが、これは我々『本能寺の変・研究会』が当時の残っている鎧兜（よろいかぶと）のサイズから割り出した十例中の上下の身長数字です。かなり適当な数値ですが、まだこれから計測例数を増やすように調査するつもりです。これは、会員の丈太郎先生からきつく言われた内容ですので、各自、博物館や展示場などで年代を確認して、鎧兜のサイズ測定数を増やして、信用度を上げるようにしています」

源太郎の発案で三年前に発足した「本能寺の変・研究会」であるが、会員は六名で、会長は亀屋の主人・仲間源太郎、事務局は片倉丈太郎が引き受けた。会員は裕美と従弟（いとこ）の佐藤和男、その友人の白木弥寿之と深野冨士雄である。白木と深野は京都市の職員で、遺跡調査員だと丈太郎は補足した。

達也がこの研究会のメンバーになるのを期待すると裕美は意気込んで話したが、達也は即断を避けた。達也は、大学と企業との共同研究で拘束された身であり、しかも、一年契約での京都入りである。

時々の、会への出席を約束して社宅に戻ったのは十二時前だった。

（四）首

六月も半ばを過ぎて、京都に雨が降り始めた。

土曜日の午前、梅雨時の一週間分の衣類と消臭剤入り洗剤を洗濯機に入れた達也は、叔父・片倉丈太郎からの長いメールに返信した。が、またもやメールが届いた。

達也は地下鉄東西線に乗り東山駅で降り、叔父の待つ白川沿いで上流の店へと向かった。川沿いの道は広くはないが、小型の車が通れるだけの道幅はある。

平安神宮に向かう観光客はちらほら見えるものの、反対方向の青蓮院や知恩院、それに一本石橋に向かう姿は見かけない。まだ、コロナウイルスの影響が尾を引いているように達也には思えた。

白川沿いの柳は雨に濡れて重々しく枝を垂れ、時に吹く川沿いの風に揺れて、寂しげな六月の風情を見せている。

有名な七宝焼の記念館から程近い喫茶室に入った達也は、一瞬、目を見張った。驚くほど繊細な彫刻を施したランプ・シェードが各テーブルに備え付けられていた。昼前のせいか客は思いの外少ない。

丈太郎はコピーされた印刷物を拡げ、コーヒーを飲んでいた。達也が近づくと顔を上げてニヤリと笑うと、

「早かったね。地下鉄で来たのだろう？　時間的にはまだ、空いているよね」

「そうですねー。まあまあでしょう。でも、ここに来る一つ手前の駅では、降りる人が多かったですよ」

「あー、三条京阪駅だ。あそこは京阪本線を利用する乗り換え客が多いからね。出町柳駅や伏見方面のお客だよ。観光客がもっと増えれば、三条京阪はかなりの混雑だね。特に夕方はね」

「そうですか。賑やかになるんですねぇー」

丈太郎は頷きながら笑いを浮かべ、コーヒーに手を伸ばした。

「ところで叔父さん、この間はご馳走さまでした！　とっても楽しかったです。団栗橋の亀屋では、美味しいものが沢山出てきて酒も美味く、話はとても楽しかったですね。それに、色々な信長の情報が一挙に耳に入ってきて、整理するのにかなり時間がかかりましたよ。信長の小姓となった外国人の黒いサムライが居て、しかも、いつの間にか《彌介》という名前まで貰っていたのですから、驚きましたよ……」

「そうかい。『本能寺の変・研究会』の話を初めて聞いて、それが理解出来たんだから、達也は大したものだよ。君は会員として、かなり有望だけどなぁー」

「叔父さん、その件は、またいずれ……。それにしても、《南蛮寺は雲の中》の、あの事件解決には参りましたね。完全に脱帽です。仲間先生の亀屋探偵事務所による解説は素晴らしかったですよ。あの有名な国宝『上杉本洛中洛外図屛風』は、南蛮寺がまだ出来ていなかった当時の屛風絵だったなんて、それに気付かない間抜けな自分がよく判りましたよ。それぞれの製作年代をきちんと調べていれば、あんなドジな疑問は生まれるはずがなかったのに……。全く情けないです！」

「何も恥じることはないよ。あの問題を提起したことだって、『上杉本屛風絵』を細かに知っていたことの証明になるんだからなぁー。達也の観察力と記憶力は、この叔父さんより遥かに上だよ。兎も角、話題としてはとても面白くて、楽しかったよ」

丈太郎はいつものマンデリンコーヒーを、飲んでいた。

達也は紅茶とケーキを頼んだ。

「ところで叔父さん、今日の話っていうのは？」

「うん、その事だけど……。今日は、平安神宮大鳥居横の府立図書館で資料を貰ってきたんだ。その帰りに達也に連絡したわけだ……。実はね、亀屋に行ってからではちょっと話しにくい事なんだよ……。達也は部屋を留守にしても、大丈夫なんだね。洗濯物は？」

「大丈夫です。部屋干しにしてきたから平気。どうせいつかは、乾きますよ……」

「まぁ、それならよかったよ。うむー、実はあの晩、達也に話そうと思っていたんだが、つい《信長と黒いサムライ》の話が長引いて……。それで、今日にしたんだ」

丈太郎は達也を見て一瞬首を縦に振り、決心したように切り出した。

「この間、亀屋で顔を合わせた仲間裕美さん、覚えているだろう？　君に紹介したよね。あの裕美さんは勤めていた高校を三年前に退職して、お父さんの店、亀屋を手伝っているんだよ。まぁ、今は実質的に切り盛りしているけどね……。亀屋の仲間校長は今七十六歳だけどね、三年前、店を動かしてくれる手伝いが欲しかった時に、一人娘の裕美さんが退職を決断したんだよ。父親の年齢のこともあってね……。ちょうど渡りに船だったんだ。それで裕美さんに手伝ってもらって、今日まで小料理亀屋を続けてきたわけだ。僕が亀屋に通い始めて、まぁ十年位になるね。それから少しずつ付き合い始めて、今ようやく、彼女と一緒になるつもりで話を進めているんだよ。ただ、結婚の披露はするけど、裕美さんは挙式が嫌だというんだ。二度目だから……」

「そうだったんですか。この間は、お二人のそんな雰囲気は少しだけ感じられましたけどね……。それで叔父さん、いつご披露するんですか？　楽しみですよ」

「まだ先……。これから調整しなければならないことも、幾つかあるし……」

丈太郎はいつになく歯切れが悪く、口ごもった。

「源太郎先生には、式を挙げないが披露宴は実施することで了承をいただいているんだが、米沢の淑子姉さんが何か言い出すんじゃないかと思うんだよね。『丈太郎は初めての結婚式なんだから式は挙げるべきである』とか……。達也のお母さんは理屈で押してくるから厄介なんだよ。一応は正論だからね。それで、達也から米沢の姉さんに、やんわり話をして欲しいんだ。頼むよ、達也」

いつにない丈太郎の弱気な話に、達也は胸を張った。

「叔父さん、大丈夫。僕から母に話しますよ。たぶんひと言ぐらいは正論をのたまうでしょうけど、やはり、了承してくれると思いますよ。むしろ、喜ぶんじゃないですかね！叔父さんが結婚するんですから……」

「そうか！　とにかく、頼む」

「大丈夫、叔父さん。任せて下さい」

「ありがとう。これで今日の要件は、よし！」

丈太郎は重荷を下ろしたように、ホッとした表情を見せた。

「じゃあ出かけるか、達也！」

「えぇ！　何処に？」

「この近くに、首塚があるんだよ。そんなに遠くない所で、この白川沿いにあるんだけどね。歩いても、十分位かな」

「誰の首塚ですか！」

「下流に向かってぶらぶら歩いて行こうかな……。晴れ間が続く今のうちに、お参りでもするか！」

丈太郎はレシートを掴み、レジに向かった。

「叔父さん、白川沿いで、下流の方向ですね」

「そう、三条通りを渡って、左岸を行くんだよ」

三条通りは車の数も多く、達也には、来た時よりも幾らか人の数も増えたように見えた。平安神宮から円山公園までの観光ルートでもある。

「叔父さん、この白川は何処から流れ出して来るんですか？　水はきれいですよね」

「平安神宮大鳥居前のお堀、あそこから分水しているけど、その先は大文字焼の東山から始まるんだよ。途中から、南禅寺の琵琶湖疏水の水も流れ込んでいるかもしれないね。多分ね……」

白川の左岸は静かな住宅街が続いており、達也には首塚が在るとは思えなかった。

「この左手奥は粟田口（あわたぐち）と言って、昔から京都の東玄関の一つとして琵琶湖大津への出入口だったんだよ。その大津の奥には何が在ったと思う？　織田信長の時代だよ！」

「えぇっ……、信長の時代、大津の奥に？」

突然言われても……と思いながらも、達也は明智光秀の琵琶湖畔・坂本城を思い出した。

「そうだよ、達也。その通り！　信長の家来だった光秀が信長から頂戴した琵琶湖畔の坂本の町と築城した坂本城だよ。比叡山延暦寺への入口でもあるけどね。その坂本や大津から京都へ入るには、山科を経て、いま居るこの粟田口がその玄関口になっているんだね。だから、信長の敵討ち（かたきうち）をした羽柴（はしば）秀吉は謀反（むほん）人の見せしめとして、明智光秀の首をこの粟田口の街道筋に晒（さら）したんだよ」

「なるほどねぇー。それで、この白川近辺に光秀の首塚が残されていたのですか……」

雨は上がったにしても、どんよりとした雲が低く垂れ、まだ傘は手放せない。白川沿いを歩き、川風に時として揺れる柳の枝に、達也は子供の頃の思い出が重なっていた。

左手に和菓子屋の看板が見えた。

手前の路地を左に曲がり、間もなく、石垣で半分囲まれた首塚の小さい祠（ほこら）が見えた。五重の石塔と墓石もあった。が、どことなく侘びしげな祠に感じられ、達也は思わず手を合わせた。

「叔父さん、いつ頃の祠ですかね？　そんなに古くはないですよね」

「江戸末期に五重の石塔が造られて、明治の末に歌舞伎役者が墓を寄贈したと言われているんだが、明確にはねぇ……。祠には、光秀の木像と位牌が納められているんだが、この首塚は川端の和菓子屋さんが管理しているらしいんだ。興味があるなら立ち寄るよ」

「いや、いいんです。謀反（むほん）を起こした光秀の首塚には、あまり興味はありません。むしろ、『本能寺の変』で信長の首がどうなったのか？　それに、その時『黒いサムライ』の彌介はどうしたのか？」

「そうか、それは会長が居る亀屋でゆっくり話が聞けるはずだよ！　何しろ、『本能寺の変・研究会』の本部長は、亀屋の校長先生なんだからなぁ！」

「叔父さん、この時間に行っても亀屋のお店は忙しいだろうし……」

丈太郎の腕時計は昼の十二時二十分だった。

「なーに、心配しないで大丈夫。裕美さんに連絡してあるよ。ただし、奥の部屋になるけどね……」

丈太郎は余裕ありの様子で、歩いてもいいと言う達也の言葉通り、地下鉄東西線と京阪本線を使い、二人は祇園四条駅で下車した。

雨模様の土曜日とはいえ四条通りは人も多く、道沿いの各商店には客の影が見えた。飲食店にも客が入っている様子がうかがえる。

鴨川に沿った南座の横を通り過ぎ、団栗橋のたもとから数分の小料理亀屋の暖簾(のれん)を潜(くぐ)ったのは一時過ぎだった。

客が五、六名ほど食事をしていた。

店内を通り過ぎた奥の十畳の部屋にはテーブルが二つ在り、普段は店主の仲間源太郎が休憩室として、また、大勢の予約客にも利用していると丈太郎は説明した。

テーブルの上には既に箸が四膳置いてあった。昼は天婦羅を組み合わせた鴨川弁当やすき焼きを載せた祇園丼など、ご飯物が主体らしい。人気は蒸し穴子の五条坂丼だという。

丈太郎は部屋の押入れの隅に置いてある段ボール箱から資料を取り出し、テーブルに並べた。

茶褐色の『本能寺の変』関連ファイルである。その中の資料(四)の部分を抜き取り、真ん中あたりの付箋(ふせん)部分を開いた。その付箋には《南蛮寺門前》とある。

「これはね、先ほど観てきた首塚のご本人、明智光秀が軍勢を引き連れて本能寺を取り巻いた、その早朝の南蛮寺門前の様子を書いたルイス・フロイスの記録が整理されているんだよ。ただし、この時のフロイスは体調を崩して、京都から九州臼杵の教会へ既に移動していたからね。だから、この時のフロイスの記録内容は、京都南蛮寺の宣教師カリオンから臼杵のフロイスへの報告書によって、それを書き記したものなんだろうね……」

「じゃあ叔父さん、この時のフロイスの『日本史』内容は、一応信用してもいいわけですね」

「ルイス・フロイスが政治性をもって行動したとの記録は見当たらないので、内容は信用してもいいと思うよ」

丈太郎はページをめくって、読み始めた。

日付は、《一五八二年六月二十日早朝》と記されている。


【明智光秀は信長の京都邸宅となっている本能寺に到達すると、陽が昇る前に三千の兵で寺を完全に包囲した。

この時、本能寺から東へ百メートルほど離れたイエズス会の南蛮寺では、司祭カリオン、ベルトラメウ、日本人琵琶法師ロレンソなど三名が、早朝のミサ儀式の準備に取り掛かっていたという。数名の信者が駆けつけて来て、〈本能寺御殿で騒ぎが起こっているから、様子が判るまでしばらく待つように〉と話した。その上、〈あのような場所で争うからには、重大な事件が起きているかもしれない〉とも話した。

間もなく鬨(とき)の声と共に銃声が聞こえ、それが連続した。しばらくして、本能寺御殿から火の手が上がり、その炎は三階建ての南蛮寺からもよく見えた。やがて、別の信者が司祭の所に駆けつけて来て、〈あの騒動はただの喧嘩ではなく、明智光秀が主君の織田信長を包囲して襲ったのだ〉と言った。】

丈太郎はいったん読むのを止めて達也を見た。

「どうだい、こんな資料の読み方では、よく判らないかな？　この内容は、フロイスの『日本史』から抜粋してまとめた文章だよ」

「大丈夫です。判らない時には質問しますから、続けて下さい。この説明で理解出来たのは、南蛮寺のミサ直前に本能寺で騒動が起こり、三階建ての南蛮寺からは西へ約百メートル先の本能寺の火災がよく見えたってことです。それに、この時の日の出の時間は、ちょうど今の季節ですから、朝の四時四十から五十分ですよね」

「そうだね、その通りだ。暗いうちに本能寺御殿を取り巻いた光秀の兵士達は、明け方、指示に従って討ち入ったわけだが、その時刻は南蛮寺のミサの準備時間帯だったんだね。この時の本能寺御殿内部の様子については、後々の証言をまとめた『信長公記』の記載内容を信用する以外に、残念ながら他に資料はないんだね。それに……」

丈太郎は『本能寺の変』の、信長の切腹関連ファイルを探し始めた。

「叔父さん、フロイスの『日本史』には？」

その時、店主の仲間源太郎が顔を見せた。

「あっ、先生。先日はありがとうございました。今日もまた……」

「なぁーに、かまいませんよ。今日は、明智光秀の首塚を参拝されたとか……」

「えぇ。ですが、本当のところは、光秀の首塚ではなくて、織田信長の首がどうなったのか、それが知りたくてお邪魔させていただきました。『本能寺の変・研究会』なら、そのあたりを教えていただけるんじゃないかと思いまして。それで今日も……」

「そうですか。これはね……今になっても明確ではない部分がありましてね。信長の首は茶毘（だび）に付され阿弥陀寺の墓地に埋葬されたのではないのか、と思われているのですよ。ですが、その証明は無いので……。その詳細を見知っていた人物は、彌介だけなのですよ。たった一人、あの男だけです……。それに、最後に信長の首を抱き抱（かか）える事が出来た人物も、黒いサムライの彌介だけだったのです」

研究会の会長仲間源太郎は、渋い表情を見せ、信長の切腹関連ファイルを探し始めた。

「先生、そのファイルなら……」

丈太郎が差し出す資料を見て、源太郎は話し始めた。

「この本能寺御殿の襲撃場面を見聞きし、事件を知った下京の人達は沢山いましたけど、本能寺境内の戦況を見知った人達は、誰一人として居ないのですよ。ただし、この時の境内の様子は、フロイスの『日本史』にはちゃんと記載されていますよ。と言うのは、この戦況下で、ただ一人生還した黒いサムライの彌介が南蛮寺で話した内容が、宣教師のカリオンを介して、九州のフロイスに伝えられたからですね。そこに書かれていた内容は……」

★

鬨(とき)の声が上がり鉄砲が撃ち込まれた時、特別な任務を持つ十四、五人が本能寺御殿内に深く入り込み、手と顔を洗い終えて身体を拭いていた信長を見つけ、矢を放った。

「蘭丸！　是は謀反か。如何なる者の企てなるぞ！」

「桔梗紋の旗印なれば、明智が者と思われまする」

頬を歪めながら、キッと強く口を結んだ信長は絞り出すように、

「うむ……。是非に及ばず」

と苦渋の声を漏らした。

森蘭丸（森長定）から弓と矢を受け取り、信長は立て続けに矢を打ち放った。が、やがて弓の弦も切れ、しばらくは長刀で戦った。

護衛の彌介は普段持ち慣れない長刀を抱え、振り回しながら相手の七、八人を引き倒し、蘭丸と共に信長の守護に徹した。だが、信長は左腕に矢傷と銃弾を受け、更に背にも矢を受けて、御殿の奥へと身を引いた。

「蘭丸、これまでじゃ！　そちが介錯をいたせ。首は……首は決して渡すではない‼」

最奥の間にドッと座った信長は目をつむり、脇差を引き抜き腹に当て、

「彌介、奴等を部屋に入れてはならぬ。後には火を点けよ。それに、妙覚寺に居る信忠に申せ。京を逃れよと！」

彌介が聞いた信長の甲高い最期の声だった。

信長は脇差に力をこめ左わき腹に突き刺し、首を伸ばした瞬間、信長の首筋に蘭丸の涙が落ち、同時に刀が光り、振り下ろされた。

一瞬の出来事だった。

既に外の建物には、火の手が上がっていた。

彌介を呼ぶ蘭丸の声で部屋に入ると、信長は前かがみに倒れ、頭は喉元を上にして両膝間に落ち込む姿勢で、蘭丸に抱き抱えられていた。

周りには、まだ流れ出る血が幾筋もの道を生み出していた。

生まれた地や暮らしたインドでも、首を切り離す行為を見たことがなかった彌介には、蘭丸による介錯のもの凄さに唖然とするばかりだった。と同時に、かつて愛し合った二人の虚（むな）しい姿と全てが終わった虚脱感に、ただ佇むばかりだった。

蘭丸の声で我に返った彌介は、言われるままに部屋の隅にあった羽織を拡げ、信長の首を丁寧に包み、更に他の衣類で包み込み、思わず抱きしめた。

彌介にとっては最後の抱擁だった。

「彌介、よいか。わしはここで敵を引き留めておく。そちは妙覚寺へ走れ！　お館（やかた）様の首は決して敵に渡してはならぬ。それに、殿様のこの脇差は、妙覚寺におられる御子息の信忠様にお渡しいたせ。この寺の裏手、東北の角に太い松の木があり、右側角に目立たぬ潜(くぐ)り戸がある。そこを出た通りは六角小路だ。右手は川。その川沿いの道は西洞院大路だ。川上に沿って走れ。妙覚寺だぞ！」

ずっしりと重い信長の首を左腕に抱き、脇差を腰にした彌介は右手に長刀を持ちながら、いつも小坊主が出入りする裏の潜り戸をそっと開けた。

外に出ると、意外にも四、五人の僧が大男の彌介のそばに寄って来て取り囲み、身構える彌介に長老が両手を合わせた。

「拙僧は、信長様とは縁の有る阿弥陀寺の清玉(せいぎょく)と申す者。信長様を荼毘(だび)に付し供養を致す故に、その首をお渡し下され……」

この場での落ち着いた高僧の言葉に、彌介は大きく頷き、信長の首を清玉和尚に手渡した。

それからの彌介は、黒い弾丸のような塊(かたまり)となって川に沿い、妙覚寺へと一気に駆け出した。

彌介が消えて間も無く、信長の首の無い遺体が残る本能寺奥座敷の別室から、火の手が上がった。

本能寺裏木戸から懸命に走り続けた黒いサムライの彌介は、妙覚寺門前で槍を持つ警護を見つけ、フッと息を吐いた。

彌介の少ない顔見知りの一人、草刈忠兵衛が衛士として門前に立っているのを見つけたからだ。織田信忠の警護で本能寺の信長御殿に度々来ていた侍である。

既に本能寺での出来事が知れ渡っているらしい妙覚寺内の信忠警護陣の様子だったが、彌介の飛び込みで、本能寺の実状と信長の死が信忠に直接伝えられた。そして、信長の遺品脇差も彌介から信忠に届けられた。

時を同じくして、京都所司代・村井貞勝も親子三人で、妙覚寺の信忠の元に駆けつけた。間もなく押し寄せてくる明智光秀の軍勢と戦うには、《防御の点で、道を隔てた二条御所に移ってから戦うのが得策である》と京都所司代の村井は信忠に進言した。

二条御所は信長が四年前に築造し、正親町（おおぎまち）天皇の皇太子誠仁（さねひと）親王に進呈した御所である。

信忠は京都所司代・村井の助言に従い、妙覚寺から急遽（きゅうきょ）二条御所へと移動した。と同時に、信忠の命により、嗣子（しし）の三法師（さんぼうし）（後の秀信）は家臣の前田玄以に護られ、二条御所から逃れ出た。その上、二条御所からは誠仁親王やその女房衆が上京の内裏（だいり）へと移った。また、徳川家康の命令で織田信忠に張り付いていた水野忠重は、二条御所から脱出して身を隠した。

　二条御所に残ったのは織田信忠とそのえり抜きの武将達だった。しかし、出陣支度で妙覚寺へ出動して来たわけではなかったため、それぞれの武器は大小の刀だけだった。その上、二条御所内部には武具や武器の備えは何もなかった。

　やがて、明智の兵士共が押し寄せ始めた。

　信忠勢はよく奮闘・防御し勇敢に戦ったものの、明智の兵は近衛前久邸の屋根に登り、二条御所を見下ろす位置から弓と火縄銃で攻めたてた。明智の軍勢が備える大量の火縄銃と武装した多勢な兵士達の弓や切込みで、信忠勢の多くが負傷し、戦力から離脱し、あるいは死亡した。更に、建物内に火が点けられ、多くの兵士達は炎に巻かれ焼け死んだ。

　信長の嫡男・織田信忠は、勇敢に戦ったが、多勢に無勢。銃弾や矢で傷付き、信忠はこれまでと覚悟を決めた。鎌田新介に介錯をさせて自らは腹を切り、信忠は二十六歳の生涯を終えた。また、京都所司代・村井貞勝の親子も信忠に殉じた。

　黒いサムライの彌介は信長への熱い思いを長刀に込めて思い切り振り回し、かなりの時間を暴れ、そして走り回った。しかし、長刀で大暴れした十人力の彌介にもしだいに疲労の色が見え始め、やがて動きは鈍くなり、二条御所内の塀際で明智勢の兵士共に二重三重に取り囲まれ、動きが止まった。

何処で長刀を失い、どうして刀を手にしているのかさえ、彌介は覚えがなかった。ただ、塀際に追い詰められた彌介の手には、見事な刀が握られていた。

髭を生やした明智方の侍大将の平子勝之進が大声で彌介に告げた。

「神妙に刀を差し出せ。さすれば御館様にその旨(むね)を申し上げ……」

さすがの彌介も力が尽き、がっくりと両膝を落とし、刀を渡した……。

(五) 素性

「……はーい、ここまでです。彌介が捕えられたところで、『本能寺の変』の話はいったん、幕と致します。かなり早いペースで話を進めて参りましたが、これが私共の研究会で調べた範囲内での『纏(まと)め』です。ただし、明智光秀謀反の背景やその後の光秀の運命に関しては、またの機会に話をさせて下さい」

仲間源太郎は疲れたのか、ホッとした表情で達也を見た。

「いかがでした、達也さん。何か思う事がありましたら、是非一言お願いします……」

亀屋の主人は厨房に向かって、弁当を催促した。

「先生、ありがとうございました。お疲れのところ、申し訳ありませんでした。えぇ、そうですね。気になった点は、彌介について二つあります。一つは、彌介がその後どうなったのか、という事です。もう一つは、彌介の出生地についてです。あまりにも敏捷に立ち回る彌介の、これまでの人生に強い興味が湧きましたね。いったい何処で生まれたのでしょうか？」

達也は、本能寺や妙覚寺での長時間にわたる戦いの中で、傷付かなかった彌介の身体的能力の素晴らしさに、驚くばかりだった。

足音と共に、昼食を運んできた裕美が顔を見せ、

「お待たせ致しました。皆さん、お腹が空いたでしょう。今日は意外に五条坂井の注文が多くて、残念ながら穴子がおしまいになってしまいましたの……。ですから、小海老のかき揚げ天婦羅と小芋の煮物、だし巻き卵が付いた鴨川弁当をお持ちしました。これも、美

味しくて人気がありますのよ。九条ネギの吸い物椀も一緒ですし……」

　仲間元校長は自分の好きなだし巻き卵から食べ始め、丈太郎と達也にも弁当を食べるよう勧めた。

「お父さん、お疲れ様でした。彌介の話はどこまで説明されましたの？」

「そうだねぇー、彌介が疲れて、明智勢に取り押さえられた場面までだね。二条御所内で、彌介は持っていた刀を明智方の侍に渡した！」

「あー、あの場面ね。お父さん、やはり私が不思議に思うのは、彌介が生き残れたことなの！　彌介はどうして生き残れたのでしょうか？　あの状況で、最後にたった一人だけ彌介が生き残れたなんて、どう考えても不思議なのよねぇー。誰だってそう思いません？だって、織田信忠側の武将や兵士達をほとんど全て死に追いやった明智の兵士達が、ようやく十人力の彌介一人を取り囲んだのですから、刀で彌介に太刀打ち出来なかったなら、離れた場所から弓や火縄銃などで彌介を打ち取る事が出来たと思いますけど……。それなのに、彌介が刀を投げ出すまで待って、そこで捕らえて、光秀の陣屋まで連れて行ったのでしょう！　それで彌介の処分を明智光秀に仰(あお)いだのは、どう考えても違和感がありますわねぇ……」

「裕美、その事だけどね。それには三つの理由があるように思えるんだよね……」

仲間源太郎は、娘が作った鴨川弁当からだし巻き卵をつまんで口に入れた。

「第一に考えられるのは、あまりにも凄い彌介の豪腕とスピード感で、弓や火縄銃で彌介を打ち取れなかったから、明智側は彌介が疲れるまで、ただ待った。

第二は、彌介の剛力とスピード感に感嘆して、明智側の兵士が弓や火縄銃で彌介を打ち負かすことが卑劣で卑怯な行為に思えたので、彌介を打ち取らなかった。

第三は、予め明智光秀の指示があったために、彌介を最後まで打ち取らなかった、など……」

「そうねぇ、はじめから光秀の指令が出ていて、《彌介を生かして捕らえるべし》だった可能性は考えられますわね。丈太郎先生、どう思われます？」

「そう言われてみれば、確かにその可能性はありますよ。光秀に予め指示されていた場合は、彌介が疲れるのを待って殺さずに捕らえ、光秀の所に連れて行った。確かに可能性としてはあり得ますね。達也はどう思う？」

「そうですねぇ。光秀からの指示があったとする第三の可能性が高いと思います……。それにしても、《彌介を生かしておく必要がある》と明智が考えたのは、どうしてでしょうか？」

　裕美は箸を止め、天井を仰ぎ見た。

「達也。これは、あくまでも憶測に過ぎないが、彌介の陰にキリスト教イエズス会の影が見えたからではないだろうかねぇ！　彌介が小姓になって信長に可愛がられたとはいえ、彌介はイエズス会といつでも連絡が取れる状況下にあったわけだよ。だから、彌介を生かして捕らえることで、信長亡き後の明智光秀の戦国体制造りに、彌介を介してイエズス会を利用しようとしたのではないだろうか……」

　裕美は驚いた表情で丈太郎を見た。

「前にも話した事があるけど、マカオのポルトガル商人とイエズス会との共同出資組織『アルマサン』が躍動する取引ではかなりの金額が動くし、また、火縄銃の火薬は硝石として輸入に頼っていたし、その上、火縄銃の銃弾の鉛も輸入品だからねぇ。信長のそばで外交手腕を見ていた光秀にしてみれば、彌介を介してイエズス会を利用する手法は光秀の魂胆の中にあったと思えるけどねぇー」

「お父さんはどのように？」

「ほぼ、丈太さんと同じだね。やはり、彌介はイエズス会への窓口としての役割だろうねぇー。達也さんは？」

「そうですね、丈太郎叔父さんと同じですね。信長亡き後の明智勢力拡大に必要な物資や支援を得るための方法論として、彌介自身の生存がイエズス会との連絡に必要だったからですよね。生存している彌介の確保が重要な意義だったのですね！　だから、彌介を十重(とえ)二十重(はたえ)に取り囲んでも、彌介を殺すことはしなかった！」

丈太郎と達也の話に裕美は同意している様子だった。

「叔父さん。『本能寺の変』が起きて、信長方で唯一人、黒いサムライの彌介が生き残ることが出来たのは、彼の身体能力によるものだけではなしに、明智光秀の策略の中に彌介が組み込まれていたからだ、という事ですね！」

達也は、叔父の話の深い意味を持つ背景に驚いた。

「それにしても仲間先生、光秀はどんな方法を使って彌介をイエズス会に帰したのですかね？」

「そうだねぇー。それについては、イエズス会ルイス・フロイスの『一五八二年日本年報追加』報告書の中に〈光秀の言葉〉が書き残されているんだね。その報告書には……」

仲間源太郎は遅い昼食を中断し、押入れからファイルを取り出した。コピー資料がスクラップブックに貼り付けられていた。

「そう、これだ！　えーと、《明智の家臣がこの黒奴をいかに処分すべきか明智に尋ねたところ、黒奴は動物でなにも知らず、また日本人ではない故これを殺さず、インドのパードレの聖堂に置け、と言った。これによって我等は少しく安心した》と、フロイスが書き残しているんだね。つまり、《捕まえた彌介は何も知らないし、日本人ではないから殺さないで、インドから来た宣教師が居る南蛮寺に連れて行け》と明智光秀が家臣に命令したので、彌介はイエズス会の南蛮寺に連れられて来た。イエズス会としては彌介を引き取り、無事だった彌介を見て一同は安堵した、というわけだ」

「なるほど、そうでしたか。光秀が策士家だとは聞いていましたが、やはり、裏を読んで対応させせるのが上手ですねぇー。彌介を無事に戻すことでイエズス会を安心させ、その後で、イエズス会が光秀と手をつなぎ易くなるように画策したんですね。それにしても先生、光秀が家臣に命令した《光秀の言葉》を彌介は覚えていたんですね。それで、彌介はその内容を、南蛮寺で宣教師達に話して聞かせた！」

「そう、その通りです、達也さん。その内容を聞いた南蛮寺の宣教師カリオンが九州の臼杵にいるルイス・フロイスに手紙で知らせ、フロイスがイエズス会の『一五八二年日本年報追加』の報告書に書き加えた」

「それにしても先生、彌介の日本語能力には驚きますね」

「そうでしょう、達也さん。彌介はほぼ間違いなく日本語を理解して、話すことが出来たんですよ。武士や町人の言葉も区別してね。それに、長崎の方言なども、たぶん、たぶんですよ……」

「そうですね、ほとんどの会話が理解出来る状態だったのでしょうね。日本に来て、彌介は何年経つんですか?」

「そう、約三年弱ですね……」

「それにしても、凄い言語能力ですね。驚きです。ところで先生、彌介の出生地ですが、これについては判っているんですか?」

「それがね、はっきりしないのですよ。ただ、宣教師のルイス・フロイスは彌介のことを書簡の中で〈カフル／Cafre〉と書いていることが判っているんですね。この〈カフル〉と言うポルトガル語がポイントになりましたね。この〈カフル〉については、今世紀初めになって色々と調べたイギリス人の歴史研究者ロックリーの本によると、十六世紀半ばのインドでは〈北東アフリカから来た奴隷をハブシ〉と呼んでいたというのです。この〈ハブシ〉とは北東アフリカの主要国家であるエチオピアを指しておりまして、そこの最古の部族の名前は〈アビシニア〉と言うそうです。この〈ハブシ〉はポルトガル語で〈カフル〉と呼ばれるそうです。つまり、ポルトガル人の宣教師ルイス・フロイスが〈カフル〉と呼んだ彌介は、エチオピア人で、奴隷あるいは自由民の立場で、または傭兵隊員や軍事要員等としてインドのゴアに居住していた〈ハブシ〉で、〈カフル〉と呼ばれた人物だったのですね。その彌介が、何らかの理由でイエズス会の巡察師ヴァリニャーノの護衛兼荷物持ちとして雇われた――そう考えられますね」

仲間源太郎はホッとした表情で達也を見て、それから、遅い昼食で残したままの鴨川弁当をゆっくりと食べ始めた。達也も残っている弁当の小芋の煮物を口にした。

どこか懐かしいふるさとの味が喉の奥で感じられた。

「先生。つまり、彌介は身体能力の高い北東アフリカのエチオピア人で、奴隷や軍人などの立場でインドのゴアに居て、イエズス会の巡察師ヴァリニャーノの求人募集に出合った、ということですねぇー。身軽さ・体力・格闘技・防御能力などにおいて、他の民族と比べて一段と優れていたのですね。当時の彌介は二十歳をちょっと過ぎた頃だったのでしょうかねぇー」

「確認出来ませんが、たぶんそれ位の年齢だと思いますね。彌介とヴァリニャーノとの契約の記録は何処にも残っておりません。ただし、イエズス会では奴隷制度を認めていないので、巡察師ヴァリニャーノは彌介を一雇用人として雇ったのでしょうね。背が素晴らしく高く、格闘技が優れ、体格がガッシリとした彌介を、自分の護衛兼荷物持ちとして安心して雇った」

アフリカのエチオピアから始まり、インドを経て地球の反対側の日本まで来た彌介が、戦国時代を左右した織田信長の首を抱（かか）き抱え、その最期をみとった彌介の二十数年を思えば、その人生の変動の大きさに達也は只々（ただただ）驚くばかりだった。

鴨川弁当を食べ終わった源太郎はお茶を飲みながら、

「あぁ、もう一つ。彌介についての重要な情報があったんですよ。忘れるところでしたね……」

と、源太郎はスクラップブックに貼り付けられていたコピー資料の最後のページを開き、丈太郎に見せた。

「丈太さん。この資料は黒いサムライの彌介をイメージするのにとても重要な資料ですよね。これは、誰がまとめた資料だったのでしょうかね？」

「あぁ、それはですね、先生。この研究会員の白木弥寿之さんですよ。ほら、裕美さんの従弟の佐藤和男さん。あの和男さんの友達で京都市職員の……」

「あぁ、判りました。京都市遺跡調査会の白木弥寿之さんですね。この方の調査報告書内容はしっかりしたものですよ。この報告書がなかったら、我々研究会の誰もが〈黒いサムライの彌介〉を具体的にイメージすることが出来ませんでしたよ。ですから、この白木さんのレポートは〈彌介〉を具体的に浮き彫りにした点で、私共が持つ第一級の調査研究資料となりましたね！」

〈黒いサムライの彌介〉を具体的にイメージすることが出来るという白木弥寿之の報告資料に、達也は一段と興味が湧き、彌介がどんな表情を見せたのかを思い、軽い動悸を覚えた。

「この報告書はね、来日を体験したヨーロッパ人が書いた世界最初の日本見聞録の一部をまとめたものですよ。一般にはほとんど知られていないポルトガル商人ジョルジェ・アルヴァレスの記録の一部です。この記録の写本はスペイン国境に近いポルトガルの町エルヴァスの市立図書館に保管されているそうです」

「お父さん。その記録は日本に関する貴重な史料なんですから、その記録のコピーは日本の何処かで保管されても良いですわね。例えば、国会図書館とか……」

「そうだね。しかし、そう簡単には出来ないんだよ、裕美。何処からか史料の寄贈や寄託を受けない限り、あるいは図書館自身が自分の予算で購入しない限り、日本の国会図書館といえども、その史料を保管・公開することは出来ないんだねぇー」

「残念ですね、先生！」

「十三世紀末のイタリア人・マルコポーロは日本に渡来しないで、未体験の〈東方見聞録〉をまとめました。が、歴史研究者の伊川先生の本によりますと、ポルトガル商人ジョルジェ・アルヴァレスは九州で実際に見聞きした実体験を記録して、貴重な《日本見聞記》を書き残していますね。その上、このポルトガル商人ジョルジェは、もう一つ、記録しておくべき行動を起こしましたね。それは、マラッカで日本人アンジローをカトリック教会宣教師フランシスコ・ザビエルに紹介したのですよ。薩摩出身のアンジローとの出会いが契機となって、イエズス会のザビエルは日本にキリスト教を最初に伝えた宣教師として有名になりましたね。

　話は飛びましたが、ポルトガル商人ジョルジェ・アルヴァレスが書き残した《日本見聞記》は、一五四七年末頃の成立だとされていますね。

そこには、日本の農作物や魚介類、火山や食事、衣服や体格などを広く解説していて、家族関係や君臣関係なども詳しく書いています。日本の宗教については偶像崇拝で、毎朝数珠を手に起立して祈り、終わると数珠を指の間にして三回擦る。日本には宗教者として僧侶と山伏がおり、僧侶はボンゾと呼ばれ、病人を癒し偶像に只々祈る。

寺にある偶像には金箔が貼られており、〈偶像の頭はカフル人のようであり〉、インド西海岸のマラバール地域の人のように耳には穴があいている、と記録されていますね。インドでは〈カフル人の顔立ちが仏頭に似ている〉として、人々は遠方から訪れてカフル人に敬意を表わすことがある、との記載もあります。それから、カフル人はエチオピアからモザンビークにかけての沿岸地域から、更に内陸を経て喜望峰までに住む黒人である、と記載されています」

「先生、〈黒いサムライの彌介〉は、仏像に似た比較的ふっくらした丸い顔立ちで、髪の毛は仏像の螺髪に似た巻き毛で、墨色肌のカフル人だった、ということですか?」

「そう、達也さんが言われたような、そんなイメージの人物像が浮かび上がって来ますね。たぶん、彌介はそれに近い人物だったのでしょうね!」

丈太郎が後を繋ぎ、

「しかも、背は素晴らしく高く、体格はガッシリとして格闘技に優れ、且つ力持ちで、その上、敏捷（びんしょう）で知恵もあり、意外に世渡り上手だったとか……」

「そんな男性がいたらモテたでしょうけど、それが織田信長のお抱え愛人だった人物では、どなたも彌介を敬遠したでしょうねぇー」

裕美の言葉で、達也の中に〈黒いサムライ彌介〉の人物像が出来上がった感がした。

「どうぞ、お茶を……。京都宇治川沿いの新茶です」

若い亀屋の料理人がポットと茶菓子を盆に載せ、お茶を運んできた。亀屋の厨房には若い料理人が二人居る。

裕美は急須に茶葉を入れ、茶碗に白湯（さゆ）を入れてから、ゆっくりと茶碗の湯を急須に注いだ。

「やはり、宇治茶の香りは特別かしらねぇー。特に新茶は……」

「そう、宇治の新茶はいい香りですねー。ホッと安心出来る深い香りですよ。それに、宇治の酒もしかりで、全国の評価は高いですよ」

丈太郎の相槌で御干菓子（おひがし）に手を伸ばした達也は、丈太郎を見た。

「叔父さん、その後の彌介はどうなったの？」

「それがねー、よく判らないんだよ。つまり、京都のイエズス会は彌介のことを九州に居るルイス・フロイスに知らせたとしても、〈イエズス会活動資料〉として彌介の行動に宗教上の史料価値がなければ、フロイスはポルトガルのイエズス会本部に彌介のことを書き送らないわけだ。だからね、《本能寺の変》以降の彌介の行動は、イエズス会の記録に残されていないんだよねぇー。それに、公家や武将の日記にも、その後の彌介については何も書き残されていないんだよ。《本能寺の変》後の京都の混乱は、彌介の行動に注目して記録する余裕など、何処にもなかったんだろうねぇー」

「じゃあ、その後の彌介の行動は判らずじまいですか？」

「そうなんだよ。ただね、織田信長と各武将との裏の関わりをよく知っている信長の小姓の中で、たった一人だけ生き残った彌介を、生き証人として煙たく、あるいは秘密を握った者として、彼を消したいと思う武将は沢山いたと思うよ。小姓は常に信長のそばにいて、語られる内緒話をただ黙って聞いている立場だからね。そんな中でも、彌介を敬遠する武将の第一は羽柴秀吉だと思えるね。織田信長に最も近く、明智光秀とは最も反りが合わなかった秀吉は、常に画策していて、彌介はそれを身近でよく見聞きしていたからねぇー。それに、徳川家康の暗殺計画にしても、光秀と秀吉が絡んで信長が企てた計画なんだから、信長と光秀が亡くなった後の秀吉は、裏の裏を知って一人生き残った彌介を消したいと思ったとしても、それは当然の帰結かもしれないねぇー」

「叔父さん、そんな裏話は初めて聞いたんですけど、事実、そうなんですか！　群雄割拠の戦国時代では〈さもありなん〉の策略には思えますがね……」

「だから、秀吉から彌介引き渡しの知らせがイエズス会に届いた時、イエズス会は密かに彌介を国外に逃がしたのではないかと思えるんだよね。何しろ、イエズス会にとって彌介を握っていることは、秀吉の弱みを握っていることになるからね。つまり、秀吉によるイエズス会布教活動への締め付けは、当然弱くなるわけだ。ポルトガル商人の貿易船を利用して彌介を逃がしたかどうかは判らないけどね……。やはり帆船だから、季節風に乗らなければ大海原を航海出来ないけどね。もしかしたら、当時、朝鮮・中国・フィリピン沖で海賊として荒らし回った倭寇の船に彌介が乗り込んだ可能性もあると思うよ。《本能寺を駆け抜けた男》として雇われた……。とにかく、秀吉にとっては、彌介という貴重な魚を取り逃がしたのは大きかったんだろうねぇー」

「じゃあ、叔父さん。彌介は何処に？」

「達也さん、羽柴秀吉の朝鮮半島への出兵作戦や行動をご存知ですか？　いわゆる、《文禄・慶長の役》と呼ばれる出兵です。九州の肥前名護屋城で秀吉が指揮を執っている時に、フィリピン総督使節として、マニラから取引許可証の朱印状の件で秀吉に会いに来たスペイン宣教師がいたのですよ。その使節に同行した通訳のスペインのフランシスコ会宣教師ルイス・ソテロは、フィリピンのディラオにある日本人町で、背の高いカフレ人から日本語を教わったと説明したそうですよ」

仲間源太郎の話から、達也は彌介の安住の地がフィリピンのディラオであることを悟った。

（六）片倉代々記

仲間源太郎が話した、フィリピンから来たスペイン宣教師達のことが、達也の気を引いた。

それには、カフレ人のことも含まれていた。

「先生、今の話ですが、スペインの宣教師がフィリピンから日本に来たのは、この時が初めてですよね。ですが、どうしてスペインの宣教師がポルトガルよりも遅れて日本に着いたのですか？　しかも、フィリピンから……。スペインとポルトガルはイベリヤ半島内の隣り合った同じ海洋国ですから、スペイン宣教師の日本到着がポルトガルとそんなに年代が違うとは考えにくいのですがねぇ……。日本への到着時期にかなりのズレが出たのは、どうしてでしょうか？」

「なるほど、さすが達也さんです。当然起こってくる疑問ですよね。そうですねー、約四、五十年、ほぼ半世紀弱のズレがあります！　この違いを判ってもらうには、ちょっと話が煩雑になりますよー。と言いますのは……」

仲間元校長は、ローマ・カトリック教会の布教活動とポルトガル・スペイン両国の領土拡大という、この二つの問題が絡み合って、更にローマ教皇が下した地球二分割の線引きの結果が、日本へのスペイン宣教師到着時期のズレを引き起こした、と話した。

「先生、話が込み入って、整理が出来ませんが……」

達也はまだ理解出来ずに首を傾げ、仲間源太郎を見つめて、更に説明を求めた。

「その辺の話になりますとね、達也さん。一四九二年のクリストファー・コロンブスのアメリカ大陸発見の頃までさかのぼって、話すことになりますよ。いいですか……」

源太郎は押入れの中を探し、青い表紙のファイルを見つけ、あちこちを開いて見ていた。表紙には《地図の歴史》と書いてあった。

「えーと、スペインのイザベラ女王認可のもとに、西へ向かって船出したコロンブスは新大陸を発見して、この大陸はローマ教皇承認のもとにスペイン王国に帰属したのです。この結果はですね、新大陸のメキシコが産出する銀魂でスペインは潤い、ヨーロッパ経済は活性化されていくのですね。もう一方のポルトガルは、東へ向かって船出して、アフリカ大陸を回ってインドに到達しました。更に、中国が開拓した古いインド航路を利用して、東の香料諸島（モルッカ諸島）まで到達して胡椒(こしょう)・肉桂(にっけい)・丁子(ちょうじ)・ニクズク等の香辛料を手に入れたのですね。これらの香辛料は塩と同様に貴重な商品で、ヨーロッパでの肉の保存や腸詰め、他の肉料理などの食肉文化には必須の材料であって、ポルトガルは他国に販売して利益を得るのですよ」

「仲間先生、判りましたよ。私のかつての同僚が以前に話していたことがありましたから、香料には興味があって覚えていますよ。それまでの香料輸送は、インドや東南アジアの原産地からイスラム商人の手を介してエジプトのアレクサンドリアなどに運ばれ、ジェノバやヴェネチアなどのイタリア商人が香料を買い付けし、イスラム商人やイタリア商人が独占していたんですね。香料は等重量の銀と交換されるほど、非常に高価だったそうですね！」

片倉丈太郎は知っている世界史の知識を披露した。

「そうなんです。丈太さんが話されたように、香料はポルトガルが欲しかった貴重な貿易品だったのですね。その後、ポルトガルは香料諸島の北に位置する東南アジアへ向かい、遂に、ポルトガルのイエズス会宣教師ザビエルは日本や中国へとローマ・カトリック教会の伝道師として顔を出すのですね。これらスペインとポルトガル両国の海外進出については、ローマ教皇が発給した勅書が裏付けを与えているんですよ」

「先生。両国が侵略する後ろ盾として、いつもローマ・カトリック教会が控えているんですね」

「そうです。つまり、ローマ・カトリック教会は両国の〈征服に属する地域〉として、その地域への航海、貿易、布教の独占権更には潜在的な領有権をも正式に認めたのですよ。

ローマ教皇アレクサンデル六世はアメリカ大陸発見の翌年に、アフリカのヴェルデ岬沖約六百キロメートルの経線を境界にして地球を東側と西側に二分割し、ポルトガルとスペイン両国が征服を可能とする地域を東側と西側とに決めたのです。この世界分割は〈デマルカシオン〉と呼ばれています。この分割線より西側はスペインが、東側はポルトガルが進出して征服を可能とする地域にしたわけです」

　一息ついた仲間源太郎は、

「おーい、コーヒーを頼むよ。甘い物も少しねぇー」

と、厨房に向かい声を掛けた。

「先生、休憩にしましょうか？」

「丈太さん、大丈夫ですよ。波に乗っている時は、意外に疲れは感じませんから」

間もなく、娘の裕美が厚めに切った〈鍵善〉の羊羹を小皿に載せ、コーヒーと一緒に運んできた。半分に切って口に入れた源太郎は、

「うーん、やはり美味（うま）いねー。甘みがしっとりと伝わってくるよ。これが〈鍵善〉の味だよねー。ホッとするよ」

満足した表情でコーヒーカップに手を伸ばした後、青い表紙のファイルを再び開いた。

「お父さん、無理しないでね……」

「あぁ、大丈夫」

「夜は、予約が三件あります」

「判りました。えぇーと、もうちょっと話を続けますね」

と言いながら、源太郎は達也を見た。

「ポルトガルの貴族に生まれたフェルディナンド・マゼランは、インド総督の部下としてマラッカ遠征に参加していました。ですから、ポルトガルの香料諸島発見の事情はよく知っていたのです。このマゼランがポルトガル国王の不評を買ってスペインに移動するのですね。

マゼランは、スペインが認可された地球西回りの航路でも、アメリカ大陸を迂回する海峡を見つければ香料諸島へ到達することが可能だ、との計画をスペイン国王カルロス一世に示し、国王から支援を受けて新しい航路の発見に出発したのですよ。このように、ヨーロッパ人を動かした最大の理由は、香料取引による巨額の利益だったのです。スペインにとっても、やはり、香料が欲しかったのですね……。

一五一九年の八月、マゼランは五艘の船隊二百六十五人でスペインのセヴィリアから出港して翌年の十月、南米大陸の端の海峡を発見して、このマゼラン海峡を通過するのに約一カ月を費やして、ようやく太平洋に出たことが記録されています。既に船隊は三艘に減り、食料や飲料水の不足とビタミンC不足の壊血病に悩まされながら、グアム島を経て、一五二一年三月、フィリピン群島のサマール島に到達したのですね。しかし、マクタン島民と交戦してマゼランは戦死し、次の指揮者エルカノのもとに、香料諸島（モルッカ諸島）で最後の一艘ヴィクトリア号に香料を満載して、ポルトガル船の追尾を避けながらスペインのセヴィリアに戻ったのです。でも、生存者はたった十八名だったと記録されています。一五二二年九月八日のことですね」

達也は天井を仰ぎ見てため息をついた。

「そうですか。マゼランは約三年にわたる長旅の世界一周だったんですね。この時から、スペインはフィリピン群島を占有したわけですか。それからは、スペイン系修道士や宣教師達がフィリピンの都市部に教会を建設するのですね！」

「達也さん、そのとおりですが、そんな状況に変化するのは、もっと後のことですね。マゼランの世界一周から四十二年後に、スペイン統治下のヌエバ・エスパニア（新スペイン／メキシコ）副王はフィリピンの征服を命令したのです。それで、司令官レガスピは、一五七一年五月にルソン島のマニラを占拠し、フィリピンを植民地にしたのです。同行していたアウグスチノ修道会のウルダネータがセブ島に伝道所を開設したのが布教活動の最初ですね。修道士でありスペイン無敵艦隊の司令官でもあったウルダネータは六月にセブ島を出帆して黒潮に乗り、約百日目にカリフォルニアの海岸線を遠望して、十月八日にメキシコ西海岸アカプルコに帰港したのですね。それ以後、スペインは北半球の北東貿易風を利用して、メキシコ西海岸アカプルコとフィリピンとの間を二艘の帆船ガレオンで毎年定期航海するようになるのですよ」

「そうですか。それは、黒潮に乗って移動する帆船ですよね。フィリピンから香料と中国産生糸を積んで、その運んできた積荷を今度は積み替えて、メキシコから本国のスペインへと送り出すのですね」

「えぇ、そうです。それから程なく、日本をほぼ平定した豊臣秀吉は朝鮮と明（中国）に日本の武将を動員します。ですが、海外諸国に対して強硬で威圧的だった豊臣秀吉も亡くなり、日本国内は戦国時代の終末期に突入します。徳川家康は慎重に構えて、諸外国とは親善関係を結びながら、国内の足場固めに没頭するのですね。大坂城に控える豊臣秀頼との一戦に備えて、家康は火薬の硝石と弾丸の鉛の輸入を目いっぱいに手配しながら、まやかしの笑顔で……」

「先生も家康をそう思われますか？」

達也は、チョット驚きの表情を見せた。

「えぇ、何もない振りをして、〈関ヶ原の合戦〉まで誤魔化しの〈すまし顔〉を続けるのですから、やはり、家康は権謀術策の狸親父なのでしょうねぇー。

日本では戦国時代終末、腹の探り合いの国内状況だったのですが、ローマ教皇グレゴリウス十三世は、一六〇〇年にポルトガル領インドを経由しない宣教師が日本と中国に入国するのを禁止したのですよ。ですが、それ以前にスペイン系托鉢修道会の各派の宣教師達の中で、インドを経由しないで、フィリピンから直接日本国内に入り込んだ宣教師達がいたのですね」

ローマ教皇の発言が一様に指令・伝達され、全ての宣教師達へ一様に浸透したわけではなく、末端のレベルでは、かなり統一性のない管理下にあった事を達也は知った。

「フィリピンのディラオに日本人のキリスト教徒流人の町が出来た背景を考えれば、逆に、フィリピンから日本の長崎や鹿児島などに移動し易いルートがあった事を意味しますよね、丈太さん」

「そうですね、先生。確かに、薩摩の船がフィリピンのマニラから、中国産の生糸や金、鹿革、染料の蘇芳などの商品を運び出したとの記録がありますから、日本人もフィリピンのスペイン宣教師達も、秘密裏に人の移動が可能だったのでしょうね。確か、秀吉の時代に長崎の西坂で磔（はりつけ）の刑となったスペインの人達がいましたが、彼等はスペインのフランシスコ会士で、医師と医療従事者、それに日本人のキリスト教信者だったのではなかったですかね、先生！」

「あぁ、そうでしたね。それは、秀吉の時代に二十六聖人殉教として、後に讃（たた）えられた事件ですね。今では、長崎駅に近い高台に二十六聖人の石像がズラリと並んでいますよね。この事件が起きたのは、一五九七（慶長二）年二月五日です。えぇーと、ちょっと待って下さいよ。確か、資料と地図が在ったはずですから……」

仲間源太郎は青い表紙のファイルをめくりながら、一枚の資料を達也の前で開いた。

「丈太さん、これは、キリシタン史の五野井先生が書かれた資料をコピーしたものです。九州の肥前名護屋（なごや）城にいた秀吉が許可したことで、スペインのフランシスコ会に払い下げられた場所がここですよ。京都妙満寺町の一角は約四千七百坪の広さで、二階建ての修道院と聖堂が完成したのは一五九四年十月四日、と書いてありますね」

更に、源太郎はファイルをめくりながら、明治期の京都妙満寺町の地図を指差した。その場所は、四条堀川の近辺で、かつて信長の事件が起きた本能寺やポルトガルのイエズス会が築いた南蛮寺に近い場所だった。

「ここが妙満寺町の、スペイン系托鉢修道会のフランシスコ会修道院と聖堂です。そこには、二つの病院が在ったのですね。

この時期には、既にスペインの宣教師達が日本に入って来ていて、医療や布教の活動をしていたのですよ。フランシスコ会のバウティスタ神父と医療従事者のサン・ミゲル修道士、伝道師の烏丸レオン、医師フランシスコの四名が長崎の西坂で処刑されました。彼等は、秀吉から許可されたこの場所に、サンタ・アナ病院、翌年には第二のサン・ホセ病院を建て、ハンセン病や腫れ物、眼病、内科治療その他の病気の治療に当たっていた、と記録されていますね」

「先生、五野井先生の書かれた資料には、医師や医療従事者が処刑された後の妙満寺町の病院がその後どうなったか、記録に残っていませんか？　それに、たったこれだけのスタッフで、二つの病院を運営し、維持出来たのですか？　気になりますね……」

「丈太さん、残念ながら、その後の事は何も記録なしですよ。病院は、やはり、取り壊しになったのでしょうねぇー。これだけの施設を、本当にもったいないです……。待って下さいよ、もう二人、薬師（くすし）ゴンザレスと医療従事者カフレ・ヤスケの二人が病院関係者として記載されていますが、この二人も処刑されたのかな？」

「先生、処刑された聖人殉教者名簿を見れば判ると思いますよ。そのファイルの後ろの方を見て下さい」

丈太郎の言葉に、仲間源太郎は青い表紙のファイルをめくりながら、残り半分の羊羹を口に入れ、資料に見入った。

「残念ながら、二人の名前はありませんね。ですが、この二人が病院の関係者であった事は確かだと思いますよ」

「うム……。やはり、そうなんだ！　叔父さん、丈太郎叔父さん。これは、凄い発見ですよ！　面白い。こんな事って、本当にあるんですね！　どう考えたらいいんだろう。仲間先生、もう一度確認して下さい。その二人の名前を！　これは、本当に驚きです!!」

達也は、青い表紙のファイルを持つ仲間源太郎を見た。

源太郎と丈太郎の二人は、驚きを隠し切れないで、いつもとは違う表情を見せた達也の顔を見つめた。

達也は、確信をもって仲間源太郎に声を掛けた。

「先生！　病院関係者として記録されている人物の名前を、もう一度読みあげて下さい。

ゆっくりと！」

　仲間源太郎は、

《薬師ゴンザレス、それと、医療従事者カフレ・ヤスケ》

と、二人の名を読み上げながら、天井を見つめ、それから目を丸くして、丈太郎の顔を見つめた。

「いやぁー、参りましたね。驚きです。こんな結果が待っていたなんて、とても予測は不能でした。丈太さんだって同じでしょう！」

「ええ、そうですよ、先生。たぶん、同一人物で間違いはないと思います。彼は生きていたんですね！　しかも……京都で……」

　三人は医療従事者〈カフレ・ヤスケ〉の名前を読み返し、織田信長の首を抱え、その後、本能寺から妙覚寺まで一気に走った〈黒いサムライ彌介〉の姿を、三人は思い浮かべた。

　医療従事者カフレ・ヤスケの存在を知ってから三週間後、菅沼達也は東北新幹線の中にいた。

　米沢の山形大学大学院電子工学研究室で確認しなければならない実験が生じたからだっ

た。その上、達也には他にも私用があり、知りたい用件が宮城県の白石蔵王に在った。

　達也の母・菅沼淑子の伯父・片倉宗次郎の法要が宮城県白石市の菩提寺信元院で執り行われ、その法要に母の代理として達也が参列することになっていた。その際に、〈片倉本家〉の歴史を記録した《片倉代々記》がどのような内容を記したものなのか、片倉分家一族の末裔の一人として、達也は是非ともその資料を見てみたいと思っていたことも達也の背中を押して、期待して白石蔵王への東北新幹線指定券を購入したのだった。その《片倉代々記》は、白石市図書館に管理されているという。

　達也の叔父・片倉丈太郎は授業があるため、法事には欠席の返事を出したというが、達也は丈太郎の代理をも兼ねることとなった。

　菅沼淑子と片倉丈太郎姉弟の伯父・片倉宗次郎の三十三回忌法要は、信元院住職のやや長い法話の後にとどこおりなく終わり、達也にとっては思いがけないサポーターに出会う幸運に恵まれた。それは、法要後の精進落としの席上で信元院住職に予定を聞かれた達也が、市の図書館で《片倉代々記》を調べる話をしたことに起因して、住職から提案された《片倉代々記》の一括解説者の紹介だった。

　信元院住職の三女で市図書館司書の久保田小枝子を解説者として紹介され、明日、《片倉代々記》を解説してもらう約束が得られたのだ。

翌日、図書館の談話室で待っていた菅沼達也は、笑みを浮かべて入って来た久保田小枝子に深々と頭を下げ、挨拶をした。

今日は非番だという小枝子は、達也に椅子を勧めた。

小枝子は眼鏡をかけ、やや丸顔で、耳元でカットした髪型は清楚で、図書館員にふさわしい雰囲気を漂わせていた。達也は小枝子が自分と同じ位の年頃に思えたが、それは口にしなかった。

腕にはかなりの資料が抱えられていた。

「菅沼さん、これからお話しします《片倉代々記》は、仙台藩領白石城主片倉家の初代から順に、年月を追って記載していった正式な記録なのです。全部で二十八巻、二百八十年にわたる日記風の詳細な記録となっています。

初代城主は片倉小十郎景綱で、仙台藩主伊達政宗から一万八千石を拝領しておりまして、侍・足軽合わせて九百二十七人を抱える人員で、仙台藩の南境を警護する知行権を担っていたわけです」

久保田小枝子はやや声のトーンを落とし、水が流れるように流麗に話し始めた。

菅沼達也はただ頷いて、小枝子の目を見つめた。

「この《片倉代々記》は白石市にとりましても、観光をアピールする目玉文書でございます。また、城主片倉家の色々な施策が、後の白石市の動向や市の発展の大きな因子に影響を与えてきた背景がございます。換言すれば、この《片倉代々記》は、単なる片倉一家の記録だけではなく、白石地域の人々の生活・文化の根底を築き上げてきた歴史の記録誌でもあると考えられます」

ここで小枝子は、紙袋からコピーした資料を取り出し、達也の前に拡げた。それに、缶コーヒーを二本添えた。左手には真珠の指輪が光っていた。

「菅沼さん、この資料をご覧下さい」

小枝子が指差した資料には、【白石市史４　資料編（上）、⑴片倉代々記解題】と書かれていた。

「この箇所を見て下さい。片倉家の出自についてですが、『白石藩主男爵片倉家系図』には信州諏訪下社の神職の流れを受けて信州伊奈郡片倉郷に居住したと記録されているのですね。現在の桜の名所、高遠町大字片倉です。片倉家は四代の時に新田義貞一族に仕え、その後は奥州探題で下向する斯波（しば）（大崎）家兼に従って東北地方に来たと言われております。十一代小八郎景時の時大崎氏を離れて、伊達政宗の祖父・左京太夫晴宗に仕え、羽州置賜郡長井庄小松郷を拝領したとされています。

菅沼さん、厳密に言えばですが、片倉家の家系で正確なのは、この時代以降だと言われています。

この十一代景時の二男式部少輔景重が初代白石城主片倉小十郎景綱の父親になりますね。この景重は長井庄八幡宮の神職で百貫文の神領をいただいて、百余名の従者を従え、参戦したと伝えられています」

久保田小枝子はここまで話し、缶コーヒーを達也に勧めながら、自分ではもう一つの缶の蓋を開け、口に含んだ。

「菅沼さん、質問がございましたら、途中でも構いませんので、いつでもどうぞ……」

「そうですか。それなら、一つあります。久保田さんが準備して下さったこの資料からしますと、初代白石城主片倉景綱の父景重は、〈長井庄八幡宮の神職〉と記載してありますが、もう一つ、【《片倉代々記》巻之一、景綱】の項には〈羽州米沢八幡の神主〉とあります。どちらが正しいのでしょうか?」

小枝子は即座に、

「どちらも誤りではなく、両者の表示がそれぞれ少し違う、と考えていいと思います。〈羽州長井庄米沢八幡宮の神主〉が正しい表示だろうと思いますね」

いたって明快な回答だった。

更に小枝子は《片倉代々記》を指差して、

「《片倉代々記》巻之一には、初代白石城主片倉景綱は、弘治三（一五五七）年、長井ノ庄宮村に生まれる。長となるに及び矢内和泉重定女を娶る。景綱才識勇武により…采地若干を給へり、長井庄宮村片倉館に居住す…とあります」

小枝子は、ここで缶コーヒーを達也に勧めながら、自分でも二口ほど飲んだ。達也も缶の蓋を開け相伴しながら久保田小枝子を見ると、額にうっすらと汗がにじんで見えた。

「私事で申し訳ございませんが、私の婚約者の実家は、今の話の中に出て来ました長井ノ庄の一部である現在の長井市に在るのです。正確には、山形県西置賜郡長井市宮高野町に在る工藤本家です。

昔ながらの家で、〈家系申伝書〉も伝わっている古い家柄です。その〈家系申伝書〉の中には、長井庄宮村片倉館主片倉小十郎景綱が福島の大森城主として移転するのにお供して、工藤本家先祖の一人、工藤勘解由が付き添って行ったことが書かれています。この話を婚約者の重吉さんから聞かされた時には、私は飛び上がるほど驚いてしまいましたの。と言いますのは、私は仕事上、時々《片倉代々記》に目を通すことがありまして、私はこの工藤勘解由の名前をいつの間にか頭の隅に記憶していたのですね。ですから、重吉さんの口から工藤勘解由の名前が出てきた時には、びっくりしたのです。

更に驚いたことに、《片倉代々記》は、工藤勘解由の子孫工藤孫左衛門が今、長井庄宮村片倉館南の大手に居住する、と記載しているのです。それは、まさに、現在の重吉さんの実家の住所なのです」

久保田小枝子は、婚約者の実家のこととはいえ、白石市に関わる工藤勘解由の名前を自分の記憶の中に書き写していた。

「そうでしたか。婚約者の家が、白石市の《片倉代々記》に記載されていれば、確かにそれは驚きますね！　でも、そんな話を聞かされますと、意外にも戦国時代の歴史が身近に感じられますよ。何だか、とても嬉しいですね」

片倉本家に関わることとは言いながらも、片倉分家を自認する達也の顔には、《片倉代々記》の大まかな内容が理解出来たように思えて、笑顔が表れていた。

昼に白石市の名物温麺（うーめん）を食べながら、達也は片倉小十郎景綱に関わるキリスト教イエズス会や宣教師のことなどを久保田小枝子に尋ねてみた。しかし、片倉景綱がキリスト教宣教師に直接関わった記録は知らないとの返事だった。一方、片倉小十郎景綱の主人、仙台藩六十二万石の藩主伊達政宗公がスペインのキリスト教フランシスコ会宣教師ルイス・ソテロと深く関わり合いを持っていたと、小枝子は力を込めて語った。

伊達政宗とスペイン宣教師ソテロとの出会いは、政宗の側室お晶方(あきのかた)様のご病気に関わることであったと久保田小枝子は話し、〈黒いサムライ彌介〉から日本語を学んだというルイス・ソテロに、達也は益々興味を抱いた。

（七）江戸の政宗

菅沼達也が米沢の山形大学大学院電子工学研究室で予定の実験を終え、京都の研究室に戻ったのは七月の半ば近くで、祇園祭の山鉾巡行間際だった。

京都の七月半ばはまだ梅雨が明けておらず、只、街の中では今年の祭の行方が取りざたされていた。

コロナウイルスの影響で祇園祭の開催は危ぶまれ、この三年間は祭が延期された。四年目の今年はワクチン接種も進み、日本特有の厄除けも加味されて、例年より遅いが、祇園祭の開催準備で各町内はまとまり、久し振りに盛り上がっていた。

白石市と米沢市での用件を済ませて京都に戻った菅沼達也は、さっそく叔父の片倉丈太郎にメールした。

宮城県白石市での法事が終わった直後に、達也は叔父へ連絡をしたものの、達也の母・菅沼淑子からの強い申し入れがあり、それを叔父へ直接伝えるのに、二度目の連絡をしたのだった。

その伝言とは、今年の夏休みを利用して丈太郎と亀屋の仲間裕美との婚姻届けを京都市役所に提出するようにとの、丈太郎の姉からの催促（さいそく）話である。結婚式は抜きで、披露宴はその後に考えようとの内容である。

丈太郎からは、次の土曜午後に団栗橋の亀屋で待つとの返事で、日本酒と鰻雑炊を食べながら姉の話を聞くとの答えだった。

叔父の返事は待ち遠しい鰻雑炊を囲んでの団欒（だんらん）を約束したもので、達也にとっては、亀屋の主人とその娘の裕美あっての鰻雑炊の深い味わいを楽しむことでもあった。達也は九条ネギの香りと鰻との味わいを思い出すだけで、口の中は、はや唾液で潤い出していた。

土曜の朝、いつもよりのんびりとベッドから這い出た達也は、約束の場所へと出かけた。が、京都の街々はいつもとは違って、一段と華やいでいるように達也には映った。

コロナ禍による人の出の抑制策が緩和され、四年振りの祇園祭開催のため観光客は四条通りに詰め掛け、また京都の市民も八坂神社の諸祭事に浮かれ、ハレの日を祝っている感があった。

鴨川の水は穏やかに流れ、七月半ばから末に入って盛り上る祇園祭であるが、今年は久し振りに一段とにぎわう華やかさが京都の町のあちこちにあった。

四条河原町の人混みを縫うように団栗橋に辿り着いた達也は、橋からの風景が懐かしく思えるほどの親近感を覚えた。まだ四カ月ほどの京都滞在ながら、小料理亀屋での対応が居心地感と安心感を全て与えてくれたことが京都への親近感を生み出したものと、達也は感じていた。

団栗橋からは、四条大橋と京都南座あたりの人波が見えた。

小料理亀屋には既に五組ほどのお客が入っており、食事や会話で賑わっていた。

裕美は忙しく立ち振る舞っていたが、入って来た達也を見て奥の部屋を指差した。

亀屋の主人・仲間源太郎が休憩に使う奥の部屋には、既に達也の叔父・片倉丈太郎が冷や奴と川エビのから揚げでビールを飲んでいた。

「おぉ、達也。上がってくれ！　伯父さんの法事の件ではありがとう。世話になったね。姉さんも元気そうで良かったよ。それに、白石市の図書館司書の方は素晴らしく能力が高いんだねぇー。話を聞いて驚いたよ」

「説明を受けている僕の方が感心したんですけど、叔父さん、片倉家の先祖は立派だったんですね。叔父さんも僕も片倉一族の分家としては、もう少し頑張る必要がありますよね」

「達也、本気なのか！　なら、もう俺は遅いんだよ。お前はまだこれからだけどね。頭打ちにならないように、しっかり頑張ってくれよ。それで、淑子姉さんの伝言は？」

「叔父さんはお判りでしょうけど、母からの伝言です。この夏休み中に婚姻届けを市役所に出すように、とのことです。それで、立会人は不肖この菅沼達也が申し付かってきました。丈太郎叔父さん、伝言の内容は話しましたよ！」

丈太郎は黙ってビールを飲み干した。

「達也、他には無いよね……。じゃあ、乾杯としよう。姉さんには、大丈夫だと言っといてよ。市役所には、間違いなく書類を貰いに行くから！」

裕美が銚子二本と枝豆、太めの鯖寿司を細長い厚手の唐津焼の皿に載せて運んできた。小さな竹かごには各種の盃が入っていた。

脂ののった大振りの鯖と、酸味と甘みが絶妙なバランスの酢飯の巻き寿司である。山椒を刻み混ぜ込んだ酢飯は亀屋自慢の逸品であり、評判がいいと裕美は説明した。その上、皿にはシソの葉が敷いてあり、移り香も鯖寿司を引き立てていた。

達也には、初めての鯖寿司だった。

「達也さん、後で鰻雑炊をお持ちしますから、まず、亀屋の主人がお勧めする鯖寿司で舌を満足させて下さい。これは、私が言うのもなんですが、逸品です！」

「そうだ、裕美さん。いま達也に話したけど、婚姻届けの書類を来週中に作るつもりだけど、それで、いいですよね？」

「えぇ、丈太さんにお任せしますから、お願いします。必要な物があれば、いつでもおっしゃって下さい」

「判りました。じゃあ裕美さん、手続きをしますよ。校長先生には承諾をいただいていますから、先ずは、これで乾杯といきましょう。達也は証人だよねぇ！」

黙って達也は頷き、日本酒をそれぞれの盃に注ぎ、目で合図した。

三人が盃を干した直後に、厨房の奥から裕美を呼ぶ声がした。

「あっ、和（かず）さんだわ！　来てくれたのね」

裕美は従弟（いとこ）の佐藤和男に、午後には顔を見せてほしいと声を掛けていた。

「達也、佐藤さんは裕美さんの従弟でね、奈良遺跡文化研究所の職員なんだよ。考古学者だね。遺跡調査で忙しいと聞いていたけど、今日は来てくれたんだ！」

裕美の亡くなった母親の弟の息子が佐藤和男だという。裕美よりも三歳年下で、小さい頃はよくこの亀屋で一緒に遊んだという従弟である。裕美は和男との思い出を楽しげに丈太郎に話した。

佐藤和男は亀屋に事務局を置く『本能寺の変・研究会』のメンバーであり、会の事務局を預かる丈太郎とはかなり頻繁に顔を合わせている。

「こんにちは！　丈太郎先生。ご無沙汰しています。今日はお目出度い日だとの連絡がありましたので、取り敢えず出てきました。先生、おめでとうございます！」

「あぁ、ありがとうございます。しかし、婚姻書類の手続きは来週中にしようと思っているので、まだ、未完なのですよ！　ですから、あまり囃し立てないで下さいよ」

「先生、大丈夫です。そこまで決まっていれば、完結ですよ。兎も角、これで話は決まりですね。早速、乾杯しましょうかねぇ」

「佐藤先生。その前に、私の甥、達也を紹介させて下さい。まだ大学院生で勉強中の男ですので、よろしくお願いします」

「菅沼達也です。よろしくお願いいたします。専門は電子工学ですが、医療機器の診断学分野で研究をしています」

達也が緊張気味に挨拶しているところに、裕美と手伝いの女性が銚子三本と枝豆、太めの鯖寿司とグジの塩焼き、それに小芋の竜田揚げが小鉢に盛り付けられ、テーブルの上に並べられた。

小芋は一度出汁で炊いてから、片栗粉をつけて揚げるから、けっこう手間のかかる料理だと裕美は説明した。その上に柚子皮の薄切りが添えられていた。

「父は厨房の手直しの件で水道屋さんと相談しておりますので、後ほど顔を見せると思います。私は手が空きましたので、お相伴させていただきます。日本酒でよろしいでしょうか？　じゃあ、和男さん、お願いしますね」

「えー、丈太郎先生と裕美さん。結婚おめでとうございます。祇園祭で目出度いこの時節、兎にも角にも、お元気でいつまでも仲良く、そして、末長く……。乾杯!!」

　丈太郎は照れたように笑い、裕美もまた笑顔で盃を飲み干した。

「ありがとうございます。今のところ、新婚旅行の予定はありません。いずれ、適当な時期に、然るべき島に出かけたいとは思っています。これは、裕美さんも了承している企画ですが、まだ未定なのですよ。のんびりした船旅もいいと思っています。例えば、東南アジア諸国や太平洋横断ヨットでメキシコなどへも……」

「叔父さん。ヨットでは無理でしょう。第一、ヨットの操縦にはトレーニングが必要で、それに、揺れが激しく寝ていられないでしょう。のんびりなど出来ませんよ。大きい帆船なら、のんびりと船旅を楽しむことが出来るでしょうけど……」

「達也さん、それは無理ですよ。大型帆船でもエンジンが無ければ、季節風と海流を的確にとらえて航行しなければ、優雅な船旅は無理でしょうねぇ……。

　むかしむかしの話ですが、日本の島に到達した古代人がどんな船で、どんなルートで来たのかを研究している人達がいるのですよ。これは、国立科学博物館や考古学研究の人達による企画ですが、同時に人類学の人達も加わって検討していますね。つまり、氷河期だった三万年前の日本人の原型の研究でもあるんです。ですから、その移動集団の中には出産可能な男女の入っていることが必須の条件なんです。そんな集団による日本への航行が、実際に検討されているんですよ！」

「和男さん、エジプトのパピルスの舟は判るけど、東南アジアのどこかから日本の島へ到達する舟だとしたら、その舟はどんな材料で出来ていたのかしらね？」

「実験上ではパピルスに似た草で、沖縄県与那国島のヒメガマを束ねた〈草舟〉では与那国から西表（いりおもて）島まで、人力では到達出来なかったんですよ。それに、熱帯性〈マチク〉の〈竹いかだ〉は、安定性がありましたが割れやすかった。氷河期だった三万年前に熱帯性〈マチク〉が無かった可能性もありますしね。それに、〈竹いかだ〉では黒潮の分流を横切ることが出来なかったのですよ。やはり、丸木舟でなければ……。しかしですね、旧石器時代に、丸木舟を作るような大木を伐採する石斧（せきふ）は東南アジアではまだ見つかっていないのですよ。

縄文時代に入ると、日本国内では丸木舟が百六十以上は出土していますね。最近、豪州で四万七千年以上前の特殊な石斧が発見されていますから、日本でもいずれ、大型石斧が発見されるかもしれませんねぇー。その時には、丈太郎先生と裕美さんは仲良く丸木舟を造って、のんびりと、旅に出かけて下さいよ」

「なんだい！　我々はそんな時までは、待てないよ！」

笑い声が一段と高くなった頃、亀屋の主人が顔を見せた。

「ずいぶん賑やかなんで、のぞきに来ましたよ。和男君、今日はありがとう。達也さん、わざわざすみません、ありがとうございます。何分よろしくお願いしますね」

「おめでとうございます、先生！　裕美さんと丈太郎叔父さんとのご結婚……」

「あぁ、ありがとう。これで一安心ですよ。達也さん、よろしく頼みます。ところでお母さんは？」

「いずれ、京都に来てご挨拶をするとは思いますが、早ければ、今年の秋頃になるかもしれません。母からも、よろしくとの事です」

達也は、《京都に行くのは遠いから》と、渋っていた母淑子の顔を思い浮かべた。

「ところで達也さん、この亀屋に来る途中に、長刀鉾（なぎなたぼこ）の山車（だし）を準備している様子が見えたでしょう！」

「えぇ、人だかりがありましたよ」

「あれが山鉾巡行の先頭山車で、邪気払いの象徴ですよ。高さ二十五メートルもある長刀鉾です。四条河原町交差点では、割竹を敷いて水を掛け、車輪を滑りやすくして山車を九十度回転させる辻回し（つじ）は、何と言っても祭の見せ場ですよ。それに、山車を引き出す掛け声やお囃子（はやし）は、祇園祭の花形ですからねぇー。あの山車の巡行が始まれば、行列を見物するのに新幹線や観光バスツアーが一役買って、四条通りは移動出来ないほどの人出になりますよ。

それにつけても祇園祭で思い出すのは、達也さん。あなたの《南蛮寺は雲の中》の、あの見事なフレーズですよ。狩野永徳の国宝『上杉本洛中洛外図屛風』の中の南蛮寺の事件です。あれはね、今でも耳の奥にこびりついて残っていますよ……」

亀屋の主人は、達也が京都に出て来た春頃の話を持ち出し、さかんに懐かしむ風情で酒を飲み始めた。

「仲間先生、あの時の〈黒いサムライ彌介〉は、どうしたのでしょうか？　あの、カフレ人の彌介です」

「達也さん、あの時と言うと？」

「京都妙満寺町のフランシスコ会教会病院で働いていた、サムライ彌介のことです。先生は長崎の西坂で磔（はりつけ）にされた聖人殉教者名簿の中に、〈カフレ・ヤスケ〉、別名サムライ彌介の名前は見つからない、とおっしゃいました。妙満寺町の教会病院で働いていた医師ら四人のスタッフは捕まって長崎の西坂で磔にされ、同じ病院で医療従事者カフレ・ヤスケとして働いていたサムライ彌介と、もう一人の薬師ゴンザレスは捕まらずに逃走したのですよね。しかし、その後の彌介は、いったい何処に行ったのでしょうか？　やはり気になります」

「達也さん、それは判りません。ですが、京都のフランシスコ会病院で働いていたのですから、やはり彌介は、スペインのフランシスコ会関連ルートで逃走して、身を隠したと考えられますね」

「お父さん、かつて、織田信長の時代に彌介が世話になっていたポルトガルのイエズス会が、今回の彌介の逃走に関わった可能性はないのかしら？」

裕美の発言を即座に否定する出席者はいなかった。

「裕美さん、地図から見るとね、彌介が働いていた妙満寺町のフランシスコ教会病院から姥柳町のイエズス会南蛮寺までは、大体一〜一・五キロメートル。比較的近いですよね。ですから、単純に考えれば、彌介が南蛮寺ルートで逃走した可能性は考えられますよ。大いにあり得ますね」

いつの間にか、丈太郎は押入れから『本能寺の変・研究会』の関連資料ファイルを取り出して眺め、イエズス会南蛮寺とフランシスコ教会病院との間の距離を測定していた。

　丈太郎の横に居た和男が手を挙げて、

「ちょっといいですか。門外漢の私が口を出すのはよろしくありませんが、気になることが一つあります」

　と言った。

「それは、ポルトガルのイエズス会とスペインのフランシスコ会とは、どのような状況変化が起ころうとも、共同で推し進めた作業や事業は一つとして無いのです。この二つの修道会は犬猿の仲で、スペイン対ポルトガルの対抗戦争なのです！　フランシスコ会はイエズス会を目の敵（かたき）にしています。フランシスコ会にとっては、日本への布教活動がイエズス会よりも遅れたことが許せなかったのですね。それが、ローマ教皇の発言によった結果だったとしても……。その上に、マカオを拠点としたイエズス会の《アルマサン》絹貿易事業参加で得た膨大な収益も、キリスト教修道会にはあるまじき商業活動だとして、フランシスコ会はイエズス会を強烈に批判したのですよ。ですから、サムライ彌介の逃走補助についても、フランシスコ会がイエズス会に手助けを頼むことなど、先ず無かったと考えていいでしょうね！」

　頷きながら亀屋の主人源太郎は聴いていた。

「なるほど、和男君が言うように、サムライ彌介の逃走にイエズス会の関与は無かったかもしれないね。それに、豊臣秀吉の禁教令によるキリスト教徒の逮捕・迫害なのですから、イエズス会の南蛮寺スタッフも逮捕の対象になっていて、彌介個人には構っておられず、自分達だけで身を隠し、逃走した可能性がありますよ」

　禁教令によるキリシタンの捕縛なら、キリシタン会派の区別なしに、キリシタンは逮捕されるはずである。

　達也は、源太郎の話にも納得した。

「やはり、各会派特有の裏の闇ルートで地下の何処かにもぐりこみ、逮捕をまぬがれた可能性はありますね？」

「ええ、大いにあり得ますとも、達也さん。それと、明確ではありませんがね、フィリピンのディラオに出来た日本人町から京都に戻って来たサムライ彌介のことですから、そのルートを逆に辿って、その何処かに彌介が潜んだ可能性は高いと思いますよ。キリスト教フランシスコ会信者の支援を受けて、京都・大坂・瀬戸内・長崎などの、その何処かに隠れ潜んだ……」

「先生、やはりサムライ彌介は見つからなかったのですね！　いったい、何処に隠れたのか……」

「兎に角、〈サムライ彌介〉を危険視していた秀吉に彌介が捕まらなかったのは、上出来だったですよ。秀吉は〈キリシタン禁令〉に続いて、朝鮮半島での〈慶長の役〉をスタートさせました。そこでは、九州の加藤清正から東北の陸奥（むつ）岩出山（いわでやま）の伊達政宗（だてまさむね）まで、日本中の多くの武将を朝鮮半島と明国に動員させました。ですが、結果として、秀吉は朝鮮半島から各武将を帰還させざるを得なかったのです。

秀吉は最後に、

〈露と落ち　露と消えにしわが身かな
　なにわのことも　夢のまた夢〉

との辞世の句を残して、六十二歳でこの世を去りました。その二年後には、天下分け目の〈関ヶ原の合戦〉が始まるのですが、戦いを制した徳川家康は国内や江戸の町でも、全てに一大改造の手を加え、建て直しを始めるのですね」

仲間源太郎はここで大きく息を吸い、ゆっくりと吐き出した。

「ちょっと、裕美。ビールが飲みたいけど、瓶を頼むよ。それに、準備してある鰻雑炊を運ぶように厨房へ声を掛けてくれよ」

「ええ、判りました。後は、見繕って持って来ます」

裕美が厨房に立った後、丈太郎は『本能寺の変・研究会』の関連資料ファイルを手にして、裕美の従弟・佐藤和男に目をやった。

「先ほどの和男さんの話で、縄文時代以前に東南アジア諸国から日本に来るには、黒潮の流れをどう利用するかで日本に到達出来る事を教えてもらいました。黒潮が帆船の航行に多大な影響を与える事は理解出来ましたね。戦国時代末期、フィリピンの日本人町から長崎や薩摩に来るにしても、渡航は難しかったのでしょうね。サムライ彌介はどんな方法でフィリピンの日本人町から京都に来たのか、和男さんはどう思います?」

「先ず私が意見を述べる前に、当時のスペイン、メキシコ、フィリピンの関係を整理しておきます。ご存知のように、コロンブスはスペイン女王の認可のもとに新大陸を発見したのです。スペインはメキシコを植民地としてエスパニア副王を置きました。このメキシコの管轄下にフィィリピン総督が位置付けされていました。この流れの中から、フィリピン政庁の使節の一人として、スペインのフランシスコ会遣外管区長へロニモ・デ・ヘスース宣教師が日本に来たのです。その彼が禁教令後も日本に潜伏したまま、こっそり布教していたのですよ。しかし、遂に捕まってしまいます……。その当時、密貿易船や海賊の倭寇(わこう)船なども横行していたのです。ですから、彌介がフィリピンからどんな船を選んで乗り込んだにしても、乗組員の立場でその船に乗り込めれば、容易に日本に入国出来たと思いますよ。イエズス会の巡察師ヴァリニャーノが警護役として雇う腕前の彌介なら、密貿易船や倭寇船の船員としても当然採用されたでしょう。その上、彌介はポルトガル語、スペイン語、日本語などの言葉の壁もないのですからねぇー」

「なるほど、それはあり得ますね！」

「先ほど話した、フィリピンの使節として来たスペインのフランシスコ会宣教師ヘスースが捕まって、伏見城の家康の前に引き出されたのです。ヘスースが死を覚悟していると、家康は彼を処罰しないばかりか、メキシコ貿易への窓口業務をヘスース宣教師に頼んだのですよ。ヘスースにとっては、思いもしない言葉だったでしょう。

　家康は江戸幕府の成立前から、キリスト教を禁教にする政策は取らなかったのですね。禁教は家康の選択肢の中には入っていなかったのです。むしろ外国との貿易によって、今後の江戸幕府展開への充実と、それによる江戸の町の開発と拡大を目指していたと思われますね。

家康は、秀吉が亡くなった一五九八年の暮れになって、ヘスースにスペイン船の三浦半島浦賀への寄港と鉱山技師の派遣、その上、大型帆船の航海士の派遣も、フィリピン長官に取り次ぐよう依頼したのですよ」

「なるほど、そうですか！　スペインを受け入れて、新たな家康体制への協力を要請したのですね」

「丈太先生、その通りです。しかも家康は、スペインのフランシスコ会宣教師ヘスースに江戸での布教活動を許可し、その上、教会建設用地を与えたのです。翌年五月には小教会が建造されました。

フランシスコ会にとっては、イエズス会の布教活動を追い越して、初めて江戸で躍進する機会が与えられたのですよ。家康のお墨付きで、江戸での布教活動が出来たわけです」

達也はやや疑問の面持ちだった。

「でも、スペインのフランシスコ会宣教師が日本に立ち入るのが禁止されていた期間ですよね、仲間先生」

「そうですね。これはカトリック教会混乱の過渡期だったのですね」

和男は更に続けた。

「フランシスコ会にとっては、イエズス会を追い越すためには絶対に逃がせない江戸布教であって、更に、北の陸奥への布教拡大のチャンスだったのです。それと同時に、家康にとっては、メキシコの鉱山で採用されている新しい金・銀砕石のアマルガム精錬法を日本に技術導入出来るチャンスだったのです。これは、外国との交易に絶対必要な銀魂や金を効率良く精製する方法なのですね。いくら家康でも、お金がなければ外国とは交易出来ません」

仲間源太郎は感心しながら丈太郎に目を移した。

「丈太さん、このアマルガム精錬法とはどんなものなのか、それを簡単に話してくださいよ。簡単にね」

「先生、判りました。そうですね。このアマルガム精錬法というのは、簡単に言えば、水銀を使って金や銀を抽出する方法ですね。例えば、銀を含んだ鉱石を細かく割って水銀に混ぜると、やがて水銀と銀とが反応して軟らかい合金が出来るのです。これを石から分けて取り出し加熱すると、水銀は蒸発して、銀の塊が残るのです。アマルガムとはギリシャ語で〈軟らかい物質〉を意味しますね。この原理は、金の場合でも同じです。ただし、鉄や白金、マンガン、ニッケルなどの高熱でしか溶けない金属は水銀との間でアマルガムを形成しません。奈良東大寺の大仏も、このアマルガム精錬法を利用して全身に金アマルガムを塗り付けて〈鍍金(めっき)〉し、加熱して水銀を蒸発させ、全身が金色に輝いたわけです。現在の奈良の大仏様にも一部この〈鍍金〉が残っていて、金色に光って見える部分がありますよね」

「さすが化学の先生。丈太さん、ありがとう。ところで和男君、フランシスコ会にとっては、イエズス会の布教活動を追い越して、初めて江戸で躍進する良い機会が与えられたわけだけど、江戸で教会を建てたのはフランシスコ会のヘスース神父ですかね？」

「ええ、そうですね。五野井先生の〈キリシタン史〉によりますとね、ヘスース神父は江戸に小教会を建造して、日本で最初のロザリオ組を設立したと書いてあります。ですが、ヘスース神父は一六〇一年に京都で病死し、ヘスースと行動を共にしたペドロ・デ・ブルギョス修道士が同僚二人と共に、浅草鳥越に小病院（施療院）を開いたそうですよ。当然、小さいながらも教会を併設していたのでしょう。

ブルギョス修道士は医療のトレーニングを受けていて、外科的治療を得意としていたそうですね。一六一七年に書かれたフランシスコ会のセバスティアン・デ・サン・ペドロ報告によれば、鳥越周辺には刑場があって、周辺には当時の貧困者が密集して住んでおり、彼等はブルギョスの治療を受けて、二百人以上がキリスト教へ改宗したとの報告があったそうです。やはり、貧者や病人などの弱者への布教に重点を置いたフランシスコ会の特質を表していますね」

和男は自分のカバンから〈キリシタン文化史〉と表題した本を取り出した。これを読んでいたらしく、本の間から幾枚かの付箋紙（ふせんし）がのぞいていた。

「この本には、仙台藩主伊達政宗の妻妾（さいしょう）お晶方（あきのかた）と三歳の紀姫（のりひめ）がブルギョスの往診を受けて治癒したことが書かれているのです。お晶方の、激しい咳を伴う胸の病（やまい）と、紀姫の右足首の腫れ物だったそうですよ。

政宗の賄い方（まかな）（給仕）の妻・お藤（ふじ）がブルギョスの治療を受けて回復したのを耳にした政宗は、フランシスコ会のルイス・ソテロ神父を呼び寄せて、ブルギョスの往診をソテロに依頼したそうです。

当時の江戸では、鳥越の聖フランシスコ教会に付属する施療院が評判の高い病院だったことが判りますね。それに、ルイス・ソテロ神父は江戸に来ていて、既に伊達政宗とは面識があったということですよね！」

亀屋の主人源太郎は即座に反応した。

「和男君。それは、いつ頃のことなの？」

「そうですねぇ。ルイス・ソテロは一六〇三年に浦賀に上陸して、家康・秀忠の庇護を受けて宣教活動を続けていたのですが、西日本でのイエズス会の布教浸透に対抗するために、まだ新地の江戸や陸奥でのフランシスコ会の布教拡大活動に苦慮していた頃と書かれています。一六〇八、九年頃でしょうかね。ソテロは江戸での布教活動に専念していて、東日本にフランシスコ会の布教基盤を築こうとしていたのですね。その頃にソテロは日本とヌエバ・エスパニア（新スペイン／メキシコ）との通商開始の正式大使として、家康から派遣命令を受けるのです。ソテロが表舞台に立つ場面が展開したのですねぇ……」

「何かが動いたのですかね？」

達也は、期待感を持って源太郎と和男を交互に見つめた。

「和男君。それは、一六〇九年秋の房総沖で起こった座礁事件がキッカケで生まれた江戸幕府からメキシコへの正式派遣大使だと思うけどね。臨時フィリピン総督ロドリゴの船がメキシコに帰る途中、千葉県の御宿（おんじゅく）沖で座礁し、村の人達に助けられたのだったね。家康は幕府の黒船でロドリゴをメキシコに送り届けた後に、その返礼として、スペインの太平洋艦隊司令官セバスチャン・ビスカイノが大使として訪日したのだったよね？」

「そうです。スペイン側の資料によれば、そのビスカイノ大使が聖フランシスコ教会に行く途中の浅草付近で、江戸の桜田屋敷から仙台に帰る途中の伊達政宗の行列に出会ったそうです。この時、ビスカイノのスペイン兵士達が持つ長筒の鉄砲に目を止めた政宗は、本来の好奇心が先立って、馬を下り、長銃の発射依頼をビスカイノ大使にお願いしたそうですよ。

スペイン側の《金銀島探検報告》史料によると、《大使は伊達政宗の要請に応じて、直ちに二回の発射を行わせしめたれば、驚きて皆耳を覆い、馬は騎乗の人物を路上に落として奔走し、荷馬は転倒せり。これを見て政宗大いに喜び、自ら大使のもとに来たりて、礼を厚くして謝せり》と記録されているそうです」

「なるほどね！　政宗は、日本よりも長い筒の、スペインの鉄砲に興味があったのですね。その威力と命中率にもね。和男さん、このビスカイノ大使はソテロとは当然面識がありますよね」

「ええ、そうですね、丈太郎先生。この浅草鉄砲事件以後に、ソテロとビスカイノは別々に政宗の居城仙台で顔を合わせ、メキシコ行きを相談するのです。ビスカイノは金銀島と言われた日本の調査と三陸海岸の測量図作成に熱中するのですが、しかしルイス・ソテロは、一人つぶやくのです。《今、スペインの托鉢修道フランシスコ会にどうしても必要な人物は、フランシスコ会の奥州司教区設置に向かって働いて下さるあの奥州の伊達政宗公ただお一人！ どうしても、このソテロの駕籠（かご）に乗っていただかねば！》と……」

「なるほど！ 判ってきました。それがソテロの望みだったのですね，和男さん！」

「ええ、その通りです」

ようやく、鰻雑炊を囲んでの団欒（だんらん）が回ってきた。丈太郎が達也に約束した料理であり、達也にとっては、九条ネギと亀屋の親子あっての鰻雑炊の深い味わいでもあった。

（八） 彌介と家康

京都四条の団栗橋近く、小料理亀屋の一室。

五人揃っての食事と酒で、丈太郎と裕美のささやかなお祝い会が展開していた。

外では久し振りの祇園祭に、準備が整った京都の人々と街の歓喜、それに熱気が鴨川の上にも漂っているような風情に、達也は古都千年の華やぎに触れたように感じた。

亀屋でのお祝いに遅れての出席をメールして来た『本能寺の変・研究会』のメンバーが、いま顔を見せたと裕美に伝えられた。

京都市役所文化財保護課の遺跡調査員、白木弥寿之と深野冨士雄の両名である。

「丈太郎先生、先ずは、おめでとうございます！　遅くなりましたが、これでも急ぎ足で来たんですよ。先生、お店の手伝いは？」

「よしてよ、深野さん。実験用の試薬やピペット・試験管なら準備出来るけど、料理の手伝いは全くダメなんでねぇ。悪いとは思うけど、丼物さえ手伝えませんよ。ですから、せめて片付けぐらいは手伝うつもりでいるんですよ……。

ところで、深野さん。メールでは、《本能寺の変》の興味ある話を耳にしたとの事でしたけど、いったいどんなことです？」

「それがですねぇ、先生。全くの偶然ですが、実に妙なところで、その糸口が見つかったんですよ」

「えぇっ！　どんな？」

「丈太郎先生。まぁー、兎に角聞いて下さい。それがですねぇ、驚くことに、螺髪頭（らほつあたま）の黒人がその一団の中に居たそうですよ！」

「えぇっ！　その一団って？」

「それが、スペイン貴族を中心とした集団なんですよ」

「いったい、それは何者です？」

座敷の一同が、深野冨士雄を注視した。

「実は、私と白木さんがある人物の話から感じ取った結論であって、これは、あくまでも憶測ですがね……。でも、やはり、話の中に出てくるその人物は、黒いサムライの彌介なんじゃないかと、私と白木さんは話したんですよ……」

「彌介ですって‼　あの、京都から消えた、あの黒いサムライの彌介ですか？」

しだいに声が大きくなった丈太郎を前に、深野は白木を見て二人して頷き、それからまた話し始めた。

「それがですねぇ……江戸の初めの頃ですよ。驚いたことに、スペインの貴族が江戸の浅草で、仙台に帰る途中の仙台藩主伊達政宗の行列と出会ったのだそうです。その時に、螺髪頭で顔も手も黒いサムライ姿の人物がスペイン側の通事（つうじ）、つまり通訳として、伊達政宗の問いかけに対応したのだそうです。それが判っただけでも、驚きの新事実ですよ!」

「えぇ、そうですよ、深野さん。それが確かなら、新事実になるでしょうねぇ……。でも、どうしてそんなことが判ったんです?」

「それはですね。実は、京都市遺跡調査会のボランティア活動員で、遺跡現場の整理を手伝って下さるスタッフに湯本晃さんという方がおられるのです。この方は仙台藩の侍の家系だそうで、湯本信乃介という祖先から伝わる湯本家自慢の伝承を、我々の休憩時間に話してくれたのですよ。遺跡調査中の昼休みに、白木さんと私の二人が、湯本晃さんから直接に聞いた話ですよ。

　湯本さんの祖先である信乃介は、政宗の江戸参府に加わって江戸桜田屋敷で伊達家の長屋住まいをして二年後に、政宗の江戸下がりに同行して仙台に向かう途中だったそうです。政宗の行列は浅草のほんの手前でスペイン貴族の一団と出会ったのだそうですね。その時に起こった二つの出来事が、湯本家祖先の伝承として、長い間、言い伝えられていたのですね。それはですね。

　一つ目は、政宗からの無理な依頼で発射したスペイン貴族の鉄砲隊の発射音があまりにも大きくて、行列の馬が驚いて前足で空(くう)を掻いて後ろ足で立ち、ある馬は駆け出し、あるいは他の馬が背負った荷物や人は投げ出され、大騒ぎになった出来事の、その体験談だそうですよ。

二つ目は、今まで見たこともない、顔も手も黒い、坊主頭で見上げるほど背の高い外国人が、腰に脇差を帯びて、日本の言葉を流暢(りゅうちょう)に話し、伊達政宗公と直接対話しているのを見聞きした、その黒いサムライの事だそうです。

この二つの口伝(くでん)が、湯本家自慢の祖先の伝承だそうですよ……」

食事中の一同は、一様に手を止めたまま、聞き入った。

丈太郎は『本能寺の変・研究会』のメンバーでもある深野冨士雄に顔を向けた。

「深野さん、これはとても興味ある重要な問題を含んだ話ですけど、その内容は何処かに文書として書き残されているのですかねぇ？　この黒いサムライの一件が事実だとすると、これは、かなり大きな話題になると思いますよ……」

「いや、残念ながら、これを記録した文書は無いそうです。ですが、湯本さんの話によると、先祖代々から言い伝えられて来た伝承であって、湯本家自慢の歴史だそうです」

記録事項が文書で残され、しかも、記載者名と年月日が記され、その事が証明されるのなら、その記録事項には歴史的資料価値が認められる。

「深野さん、残念ですねぇ。でも、今までの織田信長関連の史実を変更してみることが必要になるかもしれませんよ。例えば、彌介と家康とが面識があり、家康は彌介に頭が上がらなかったとか、あるいは他にも幾つかのことが……」

「えぇっ？　そんな事は無いと思いますよ、丈太郎先生。そんな、とんでもない事ですよ。いくら何でも、あり得ませんよ！」

黙って聴いていた会長の仲間源太郎と佐藤和男は、箸を止めたまま深野冨士雄の顔を見つめた。

「深野さん、イギリスの詩人バイロンの《事実は小説より奇なり》という言葉通りで、歴史の裏側にどんな真実が隠されていたのか、それは判りません。陰に隠れた部分には、とんでもない真実が潜んでいたのかもしれませんよ。ですから歴史は、事実関係をあらゆる方面から深く掘り下げて、十分に検討しなければならないのですね。信長の《本能寺の変》についても、まだまだこれからも、この再確認が必要になる部分が多くあるのだろうと思いますよ！」

「そうですね。仲間会長が言われましたように、歴史の陰の隠れた事実を引き出し、積み重ね、真実の像を歴史書に反映させなければなりません。それには、綿密な調査とその確認の繰り返しを実施する他に手はありません。やはり、手間暇がかかりますねぇー」

「その通りです。いま和男先生が言われたように、やはり詳細に事実関係を検討しなければなりませんよね。

ところで、深野さんと白木さんの先ほどの話に戻りますけども、湯本家の伝承に出て来るサムライ彌介あるいは彌介に類似した人物は、御年いくつ位の人物として、言い伝えられていたのでしょうかねぇ？　例えばですよ、この人物が本物のサムライ彌介だと仮定すれば、この彌介なる人物は伊達政宗と出会った浅草発砲事件の時に、何歳位だったでしょうか？　結構な年齢になっていたのではないでしょうかねぇ。ちょっと気になります。サムライ彌介は、いったい何歳になって伊達政宗に出会ったんだろうって……」

片倉丈太郎の問いかけに、出席者のそれぞれが、自分の歴史記憶の時計で、彌介の年齢を計算し始めた。

丈太郎は座敷の押入れから《本能寺の変》研究会の資料を引き出し、探しながら読みだした。

「えーと、ですね。本物のサムライ彌介のことですが、《本能寺の変》の約三年前に、イエズス会の巡察師ヴァリニャーノがインドのゴアで自分の護衛役として彌介を雇いました。

それからの彌介は巡察師と共に長崎で約二年を過ごし、船で堺の港に着いたのですね。それから、京都本能寺の信長屋敷で信長とその一族郎党にお目通りしたのが一五八一年三月二十九日ですよ。これはもう推定でしかありませんが、インドのゴアで、サムライ彌介が巡察師ヴァリニャーノの護衛者として雇われたのは何歳だったのか……。この一点が推定出来れば、浅草発砲事件の時のサムライ彌介らしき人物の年齢は，ある程度は算出出来ると思いますよ」

そう言いながら丈太郎は、深野冨士雄と共にボランティア活動員をしている湯本晃の話を一緒に聞いた白木弥寿之を見た。

白木は深野と同様に、京都市役所文化財保護課の遺跡調査員であり、また同時に、『本能寺の変・研究会』のメンバーでもある。

「白木さんのご意見はいかがですか?」

「えぇ、そうですね、サムライ彌介の年齢はどのようにして算出するにしても、それは推定値でしかあり得ませんから、この浅草での伊達政宗とスペイン太平洋艦隊司令官との出会いの年代を先ず明確にしてから、彌介の年齢を計算した方がいいと思いますね。この浅草での発砲事件は記録に残されていますよ。確か、慶長十六年の五月で……」

「その通りです、白木さん。伊達政宗関連の記録では、それは、えーと、一六一一年六月二十四日ですねぇ」

片倉丈太郎は研究会の資料を探しながら、仙台藩主伊達政宗の関連資料を探し出していた。伊達政宗がサムライ彌介に出会ったとする、その日の政宗の記録である。

「白木さん、この日は、仙台に向かう伊達政宗の行列がスペインの太平洋艦隊司令官セバスチャン・ビスカイノ一行に出会った、と記録されています。場所は浅草の近くで、ビスカイノ一行は鳥越の聖フランシスコ教会へ行く途中だったそうです」

片倉丈太郎は再び白木に目を向けた。

「スペインの太平洋艦隊司令官ビスカイノと伊達政宗は浅草近辺で出会い、太平洋艦隊の銃撃音を聞き、馬が大暴れした。そして、脇差を腰にした黒いサムライ彌介と政宗が出会った。それが、一六一一年六月二十四日の午前だった。それからさかのぼること、えぇっと、約何年か前に……」

白木弥寿之は紙に書いたメモを丈太郎に黙って渡した。

「あぁ、白木さん。ありがとうございます。そうですね、このメモの通りに読み上げますね。

ローマ・カトリック教会のイエズス会巡察師ヴァリニャーノが護衛役の彌介を伴って長崎の口之津に着いたのが一五七九年七月。それから約二年後の一五八一年三月、京都の本能寺で織田信長は彌介の墨色肌を疑い、濡れた布で彌介の背中を洗わせています。これでいいですよね、白木さん」

「えぇ、そうです。ありがとうございます。この信長の公的記録である『信長公記』には、彌介を『黒坊主』と言う呼び名で記載しています。単純に引き算をしても、彌介が日本に足を踏み入れた長崎口之津から浅草発砲事件までは、約三十年三カ月が経っていますね。その前に、彌介はインドで何年間を過ごしたのか、これが判りません……」

「そうですね。白木さんが言われたように、彌介がインドで過ごした時間あるいは期間が判れば、彌介の大体の年齢が算出出来ると思いますね」

「丈太郎先生。ちょっと、良いですか！」

「どうぞ、和男さん」

「サムライ彌介の事ですけどね、白木さんが言われたように、初めて日本に着いてから浅草発砲事件までは、約三十年が経っていますね。ですが、それ以前の彌介のインド時代が何年間だったかは判りません。ただ、彌介を『黒坊主』と記載した『信長公記』には、確か、『黒坊主』の年齢を書き留めた箇所がありましたよね。

【切支丹(きりしたん)の国から『黒坊主』参り候　年齢(よわい)二十六、七と見えたり。
惣の身の黒きこと　牛の如し】

確か、こんな文章だったと記憶していますが……。

これは、『信長公記』の作者である太田牛一が、本能寺での織田信長の『黒坊主』接見に同席していて、その時に見聞した記録であって、初めて見た黒人彌介の年齢を確実に把握して、それを記録したとは思えませんね。ただし、『黒坊主』の年齢に関して記録されている資料は、『信長公記』のこの部分だけなので、この年齢評価は重視しなければならないでしょうね。

ですから、作者である太田牛一が彌介を見て、外国人のこの男を日本人の年齢評価感覚で判断したとしたら、やはり、二、三歳ほど、あるいはもっと老けて評価したかもしれませんよ。

兎に角、この『信長公記』の年齢を基にして改めて計算しますとね、太田牛一が本能寺で黒人彌介を見た天正九年二月二十三日を西暦に変換すると、一五八一年三月二十九日で、彌介は二十六か二十七歳。浅草発砲事件は一六一一年六月に起こっていますから、本能寺での信長による〈お目通り〉から約三十年が経過しています。

つまり、浅草発砲事件の時の彌介の年齢は、二十六か二十七歳＋三十年ですから、ほぼ、彌介は五十六か五十七歳になっていたことになります。外見はやや白髪の交じった、当時としてはご老体になった人物と見受けられ、通事（通訳者）の黒いサムライ彌介としてスペインの太平洋艦隊司令官ビスカイノに仕えていたのだろうと推察されますね」

かなり厳密に計測された、佐藤和男による老齢の彌介像である。

『本能寺の変・研究会』会長の仲間源太郎は、ビールを白木弥寿之のグラスに注いだ。

「そうすると白木さん。彌介が生まれたのは？」

と言いながら、深野冨士雄のグラスにもビールを注いだ。

「えぇ、単純に計算しましても、彌介は一五五五年か五四年に、アフリカの東側で生まれた元気な赤ん坊だったのでしょう。その男が約半世紀を経て、地球の裏側の日本に到着して、『本能寺の変』の大事件に巻き込まれ、今まさに東北の覇者・伊達政宗と縁（えにし）を繋（つな）ごうとしているわけですよねぇ。黒いサムライの彌介は、とんでもなく大変な一生を背負っていたのですねぇ……」

　源太郎は白木の反応に頷いた。

「白木さん。自分の運命をもうそれ以上に切り拓(ひら)くという選択肢が無くなった歴史上の人物にとっては、人生の方向をもう操作出来ませんから、実に寂しいものですねぇ……」

　白木と源太郎は、彌介の苛酷な運命を嘆いているように達也には映った。

「和男君、浅草でビスカイノとサムライ彌介に出会った伊達政宗は、千住を経て奥州街道に入り、仙台に向かったのだよね。つまり、政宗は参勤交代制が導入される以前からこのルートで、仙台から江戸の桜田屋敷まで、ほぼ八日~九日かけて旅したわけだけど、五~六百人以上の供侍(ともざむらい)が居住する江戸の伊達屋敷には、かなり多くの長屋を建てないといけないし、よほど敷地が広くないと収容しきれないのだろうねぇ」

　和男は即座に、

「源太郎伯父さん、政宗が家康から拝領した江戸の屋敷は、判っている限り現在の日比谷公園の場所で、今の場所より少し小さかった程度のサイズですから、長屋を点々と建てて、十分に供侍を収容出来たと思いますよ。日比谷公園池整備の時には、伊達家関連資料がかなり発掘されていますよ。最も古い江戸地図には、寛永九（一六三二）年の《武州豊嶋郡江戸庄図》ですが、日比谷御門の所に【松平陸奥(むつ)】の屋敷と記載されていますよ」

「そうか、そうだったね……」

　元日本史の教師だった源太郎は、頷きながらビールを飲み干した。

「伯父さん、これは憶測でしかありませんがね、家康はメキシコ外交について政宗に相談した可能性がありますね。豊臣秀吉が亡くなった翌年に、政宗の長女五郎八(いろは)姫と家康の六男・忠輝が婚約して、一六〇六年に結婚したのです。それに、この翌年には政宗の嫡子・虎菊丸（忠宗）と家康の庶子・市姫との婚約が成立しているのですね。ですから、家康は江戸に居る政宗とは縁を結んだ近親者の間柄であり、家康と将軍・秀忠もが政宗の江戸桜田屋敷を幾度か訪問しているのですよ。そんな関わりの中で家康はメキシコとの交易の話を持ち出して、政宗に話していたのだと思いますね！」

「確かに、それはあり得ることだね」

「この頃の伊達政宗は、スペインのフランシスコ会のルイス・ソテロ神父から多くのヨーロッパ知識を取り入れていて、太平洋の黒潮知識をも習得した感がありますね。つまり、黒潮の流れは仙台湾沖を経てメキシコ湾に向かって間違いなく帆船を運んでくれることを……。この知識は政宗にとって大きかったと思いますよ。これが後に、仙台藩の帆船サン・ファン・バウティスタ号を造船してメキシコまで使節を送り出す、あの政宗の、その自信に繋がった背景かもしれませんね。

家康は、メキシコ外交にスペインのフランシスコ会の協力が必要だと考えて、流暢な日本語を話すスペイン人のソテロ神父を相談役に選び、家康・ソテロ・政宗の三者は互いに見知った間柄となって、次々と計画・実行していったものだと思いますね」

徳川幕府は外国船の規制もさることながら、国内の、特に西国大名の五百石積み以上の大型船の保有禁止を通達した。一六〇九（慶長十四）年九月のことである。

その徳川家康と将軍秀忠が日本国内での大型造船を禁止したにもかかわらず、政宗には帆船サン・ファン・バウティスタ号を造船させ、メキシコへの使節の送り出しを承諾している。

達也は政宗が船を造る事にしたその動機に疑問を感じた。

「佐藤先生、質問、いいでしょうか？　家康・ソテロ・政宗の三人がメキシコまで船を出す目的は、それぞれが違うと思います。たぶん、家康はメキシコ貿易による収益と金銀採掘技術者獲得と航海技能者確保のため。一方、ソテロはカトリック教会ローマ教皇への、フランシスコ会東日本司教区設立の許可願いと、ソテロ本人の、その司教任命願いであるのは想像がつきます。ですが、伊達政宗がメキシコに船を出す気になった直接の動機は何だったのでしょうか？

佐藤先生はどのように思われますか？　やはり、メキシコ貿易での利益の確保でしょうか？　それとも、他に……」

「利益の取得！　それは当然考慮した第一の要因だと思いますよ。ただし、それ以外にも政宗にその決断をさせたのは、スペインの太平洋艦隊司令官セバスチャン・ビスカイノとの浅草での出会いだったと思いますよ」

「えぇっ！　どうしてですか？」

「達也さん。断っておきますが、これから話すことは、あくまでも私個人の見解ですから、ご承知おき下さいね。

これはですねぇ、スペイン側の通訳の男が背の高い黒人で、しかも流暢な日本語を話す彌介と名乗る外国の男性だったからですよ。それが、《本能寺の変》の折に噂で耳にした織田信長の小姓、黒いサムライで幻の彌介だと判った時から、政宗はビスカイノを仙台に招待し、彌介を政宗側のスペイン貿易交渉人の付添人にするつもりだったのではなかったのか、と思いますね……」

「彌介を政宗側の付添人として雇い、堂々とスペイン側と貿易交渉をさせるためですか……。なるほどね！　それ以外にも、政宗は彌介と話してみたいと思ったのでしょうね。彌介が知っている何かを政宗は知りたいと思ったでしょうからねー。佐藤先生、その辺は、どうなんですか？」

「ええ、その通りだと思いますよ、達也さん。彌介が知っている家康関連の事件内容を政宗は知りたかったと思いますね。その大事件の内容こそが、政宗にとっては《駿府の陰の将軍・家康》を《裏で操作するのに使える材料》だと考えたからだと思いますね。信長と彌介が居て、それに家康が絡んでいた。この三人が揃い、この三人に共通した京都でのとんでもなく大きな出来事と言えば……。達也さん、あの大事件しかありませんよ！」

食事をしている他のメンバーは一様に頷いてみせた。

「この京都で、織田信長と彌介が関係した大事件は……それは《本能寺の変》ですよね。でも、あの事件に徳川家康も絡んでいたのですか？」

「ええ、そうですよ、達也さん。間違いありませんね。あれほど謎めいて、あれほど大きな事件はそうあちこちに転がっているものではありませんし、徳川家康はこの事件の裏では、しっかりと絡んでいたと思いますよ！

つまり、この事件は【信長の死の真実】が隠された出来事だったのですよ。彌介が知っている《本能寺の変》の、その裏に隠れた家康の行動を、彌介自身の口から聞き出したいと思って、政宗がビスカイノを仙台に招待したのは確かだと思いますよ。彌介は通訳として、ビスカイノと一緒に仙台を訪れるのは確かですからね！」

「なるほど。ビスカイノを仙台藩に招待すれば、政宗は彌介と個別に話すことが出来るわけですね。そこでは、家康のどんな行動が語られたのですかねぇー。佐藤先生、この話の中身はかなり複雑そうで、その内容には、とても引かれますねぇ！」

「まぁ、黒いサムライ彌介が語るその内容は、確かに《本能寺の変》の裏側であって、そして、そのまた裏の話でしょうからねぇ……」

菅沼達也は和男が語る《本能寺の変》の裏の裏、その景色に強く引かれた。

（九）彌介の証言

片倉丈太郎と仲間裕美は結婚披露の当事者ながらも、和男が語る織田信長と小姓の彌介に家康がどのように絡んでいたのか、それを確認するかのように耳をそばだてた。

お祝いの酒は二人をほんのりと包んでおり、周りも穏やかさを醸し出している。

「最上川の鰻も美味いですが、亀屋の鰻雑炊は何処にも負けない素晴らしい味わいですよ。九条ネギの香りや味だけではなしに、色合いからも、優しさと品格さえ感じられます。こんなにゆったりした嬉しい気持ちで食べた鰻雑炊は初めてでした。とっても美味しかったです。また、お願いします」

「まぁ、達也さん。そんなに褒めて下さってありがとうございます。鰻の捌き（さば）も出し汁も、全部、父の仕込みですわ。達也さんに褒めていただいて、嬉しいですわ。そうでしょう、お父さん」

「えぇ、そうですとも、ありがとう。いつか、米沢のお母さんが来られた時には、もっと腕を振るいますよ」

「お父さんたら……。それは、違いますでしょう。米沢の淑子姉さんが京都に来られた時は、この亀屋ではなくて、京都の他のお料理屋さんにご招待するのでしょう！」

「そう、そうだったね。その通りだよ、裕美。アハハハ……」

仲間源太郎は笑いながらビールを飲み、娘婿となった片倉丈太郎に日本酒を勧め、甥の佐藤和男にも勧めた。

「ところで和男君、このあいだ手に入れた面白い資料って、どんなものなの？」

源太郎の甥・佐藤和男が手に入れた資料は、静岡県天竜川の河川工事にまつわる一文として、地元の土木事務所が公募した地域の《舟橋》に関する紀行文の中の一遍だった。

和男が注目した文章は、信濃の川を集めて流れ出る大河の天竜川に、頑強な《舟橋》が架けられた話だった。

戦国・江戸時代でも、何度も繰り返し〈渡し場〉が流され、旅人が天竜川を越えるのに苦労した東海道である。一番しっかりした《舟橋》が設置されたのは、天正十（一五八二）年春、甲斐の武田勝頼攻めの帰途に、織田信長の行列を通すために設置された《舟橋》であるとした、地元住民の紀行文だった。

　地元の古老に伝わる話では、天竜川沿いの全ての渡し舟やアユ・鰻・モクズガニなどの漁業用の舟もことごとく集め、並べ替えて、数百本もの大綱を張り繋ぎ止め、川幅一杯に並べた舟の上に、綱で固定した板を敷き、馬も渡れる《舟橋》が造られたとのことだった。採用された紀行文の中では、織田信長の行列を通した《舟橋》の内容は、とても自慢げに記述されていた。

　この天竜川の《舟橋》は、甲斐の武田攻めで織田信長から褒美にと駿河（するが）の国を拝領した徳川家康が、信長への感謝の念を表すべく、信長凱旋の花道として、天竜川に整備設置したものと書かれていた。

「実は、その紀行文の中に、とても興味ある箇所があったのですよ」

　和男は、一同の顔を見回した。

「それはですね、信長の行列が《舟橋》を渡り切る直前に《舟橋》が大きく揺れて、足を滑らせ転倒し、右足ふくらはぎを踏板の角で切り、危うく川に落ちそうになった侍に、手を貸した家康側の侍が居たそうですよ。手助けをした侍は、《舟橋》設置責任者の一人で、怪我をした侍に肩を貸し、出血している傷口の手当てをしたそうです。この責任者の名は植松秀之進で、家康の小姓だったそうです。信長側の怪我をした侍は、肌が墨のように黒い螺髪頭の大男だったそうですよ。後に、この《舟橋》が設置された集落では黒いサムライの噂が評判になった、とのことですよ」

話し終えた和男は、グラスに手を伸ばした。

「なるほどね！　和男さん、ずいぶん変わった感じのサムライ彌介の資料ですね。でも、彌介が信長の甲斐武田攻めの行列に小姓として参加したのは、信長の公的記録である『信長公記』に記載されていますから、彌介が《舟橋》を渡り切る際に怪我をしたのは確かだと思いますね」

丈太郎は彌介の怪我を強調し、《舟橋》が『信長公記』の天正十年四月十六日の項に記載されていると、資料を見ながら話した。

信長一行が安土城に凱旋（がいせん）したのは四月二十一日である。

サムライ彌介の怪我が安土に戻ってから程なく回復したことは、どの記録にも見当たらない。また、信長が怪我をした彌介にどのように接したのかも、知られてはいない。

三河・遠江・駿河三国の国主となった徳川家康が、ようやく羽を伸ばせる武将となった祝いの席を設置するにあたり、信長は五月十五日から十七までの三日間を設定し、この家康の接待役に明智光秀を使命した。

甲斐から戻った信長は、家康の接待役に指名した明智光秀と密に相談をしている中で、ある時、信長が命じた【家康消去案】に同意しない光秀を、信長は強く足蹴(あしげ)にした。

この事件は、安土城の或る密室で行われたもので、後に、ポルトガルのイエズス会宣教師フロイスの『日本史』の中に、この時の二人の様子が書き残されている。


【これらの催し事の準備のために、信長はある密室において明智と語っていたが、元来、逆上しやすく、反対意見を言われることに耐えられない性質であったので、人々が語るところによれば、彼の好みに合わぬ用件で明智が言葉を返すと、信長は立ち上がり、怒りを込め、明智を一度か二度、足蹴にしたということである。それは密かになされたことであり、二人の間だけでの出来事だったので、後々まで民衆の噂になる事はなかった】


達也は、不思議そうに丈太郎の顔を見つめた。

「丈太郎叔父さん、信長と光秀のこの二人の様子がフロイスの『日本史』に記録されていたというのは、やはり、当事者あるいは現場を見ていた第三者が、信長と光秀の二人の出来事をフロイスに伝えたからこそ、『日本史』の中に《信長の足蹴》が書き残されていたのですね。でも、《本能寺の変》で信長が亡くなり、続いて光秀も、秀吉によって三日天下で消されていますから、当事者の二人が消えたのなら、いったい誰が第三者としてフロイスにその様子を知らせたのか……」

「達也。安土城の密室といっても、当然そこには、信長を常時警護して付き添う、お気に入りの黒い小姓・彌介が控えていたわけだよ。信長のそばに居てもサムライ彌介は霞（かすみ）の存在であって、信長を護衛する【見ざる・聞かざる・言わざる】の小姓なんだよ。だからこそ、《本能寺の変》と《二条御所の戦い》の後でも、なおも生き残った彌介は明智光秀の命で南蛮寺に送り届けられた。

その後の彌介は、イエズス会の南蛮寺で、ポルトガルの宣教師達に聞かれるまま問い詰められるままに、信長が光秀を足蹴にした事件を暴露した。その内容が九州に居たフロイスに伝えられ、後日、『日本史』の中に記載された……」

「なるほど、納得です！　でも、丈太郎叔父さん。信長が光秀に話した詳細な《家康暗殺》の手順や内容は、その『日本史』に記録されていませんよね！　どんな内容だったのか……」

「そうだね。しかし信長は、此度の甲州攻めで示した徳川家康の手配や対応策のきめ細やかさは織田軍随一であって、三河・遠江・駿河三国の国主となった徳川家康が間もなく頭角を突き出して織田一族を越え、光秀や秀吉をも押さえて天下人になり得る逸材であろう事を信長が懸念したのは、確かだろうねぇ……。

だからこそ、近いうちに間違いなく、最も危険人物としてのし上がる家康を、軍団戦場の場ではなく、確実に頭角の芽を摘む場所と方法とで家康を消す……。

信長がこの話をした時に、明智光秀は反対意見を述べたか、あるいは方法などの変更を提案したのか――このあたりの話で信長が怒りだして光秀を足蹴にした」

「丈太さん、そうだよねぇー。安土城密室での話の内容は、確かに記録されていないよねぇ！　でもね、やはり……」

仲間源太郎が話に入った。

「信長は徳川家康を必要としながらも、身近で最も危険な人物として家康を注視していたのは、確かだと思いますよ。歴史が示した結果論ですがね、確かに、徳川家康は征夷大将軍として天下人になりましたよね。信長の視点は間違っていなかったのです。ですが、さすがの家康も狡賢さの秀吉には先を越されましたがねぇ……。

信長は甲斐武田攻めを勝利で飾った直後に、いずれ、最も危険な人物として頭角を現して来る家康の案件には、あまり間を置くこと無く、直ちに対応して《家康暗殺》に手を染めようとしたのだと思えるのですよ。

織田信長は、本州の西で安芸の毛利輝元軍と対陣中の羽柴秀吉軍を抱えており、また、瀬戸内では四国の長曾我部元親との一戦に三男の織田信孝を向かわせ、戦の火ぶたを切ろうとしていたのですよ。ちょうど、甲州の武田勝頼を下した今、信長は東の徳川家康の案件を、この際、一気に解決しようと決断したのだと思いますね……。

この見方は短絡的だと思われるかもしれませんがね、甲斐から戻った現在の徳川家康を消し去ることこそ、織田信長一族の力を増長させ、更に進展・維持させ得る最大の課題だと、信長はそう思い込んだのではないでしょうか。それだけ、信長はその時の家康に不気味さを感じたのでしょうねぇ……」

仲間源太郎は『本能寺の変・研究会』会長として、初めて自分の意見を述べてから、甥の佐藤和男を見た。

「源太郎伯父さん。ご存知でしょうが、信長が家康を抹殺しようとした、そんな証拠となる文書など、今はまだ見つかっていないのです！　これが現状です」

「そうだね。信長が家康を消そうとした証拠は、今のところ見つかっていないのは確かだね。でも、いつかは、見つかるかもね……。現状では、残された歴史的資料よりも、発見されていない、あるいは失われた資料の方が多いからね。

兎に角だねぇー、和男君。あの事件は、天正十年六月二日の早朝に起きたんだよ。京都の本能寺で……」

仲間源太郎は更に続けた。

「織田信長は六月二日の《昼の茶会》に、徳川家康と甲州武田を裏切った穴山梅雪（あなやまばいせつ）を招待したのは確かです。家康と梅雪の二人が《昼の茶会》の時刻に合わせて、堺の町から京都の本能寺の方に向かって出立したのも確かなのです。

この本能寺での《昼の茶会》こそが、信長が苦心して意図した《家康暗殺》の現場になるはずだったのですよ。それが、明智光秀たった一人の心変わりで、信長はこの日の早朝に光秀に襲撃され、本能寺は《徳川家康暗殺の場》から《織田信長自刃（じじん）の場》へと、どんでん返しになったわけですよねぇ……」

仲間源太郎は、『本能寺の変・研究会』の各メンバーを確認するかのように、それぞれの顔を見回した。

片倉丈太郎は各自の意見を促すように目配りをして、

「どなたでもご意見があれば、ご自由にどうぞ……。白木さん、何かございますか？」

「ええ、問題点が一つあります。家康一行の行動から見ますと、信長が《家康暗殺》の現場を本能寺に定めた理由が理解出来ません。家康は、小姓と家臣団それに穴山梅雪を含めて、五月十五から十七日までは明智光秀による接待を受け、十九日には安土山の惣見寺で、信長による丹波猿楽能と舞の接待、二十日には家康をはじめ全員が安土城に招かれて帷子（布）を頂戴しての接待を受け、二十一日～六月一日までは京都・大阪・奈良・堺を巡って、六月二日には、本能寺での《昼の茶会》に出席する。

これは信長監視下にあった徳川家康一行の日程と予定行動です。ですが、もし、信長が《家康暗殺》を実行するのであれば、五月二十日の接待で安土城内に家康一行を引き入れた時にそこで襲撃すれば、確実に家康を消す事が出来たのではないかと思うのですよ。何しろ、家康は安土城内から外に出られませんからね。

ですから、六月二日に、織田信長が本能寺書院の《昼の茶会》で《家康暗殺》を実行するとした計画自体が理解できないのですよ。信長は、なぜ、六月二日、本能寺書院、《昼の茶会》としたのか、その理由が……」

白木は会長の仲間源太郎を見つめた。

「そうですね。確かに白木さんが言われたように、安土城の中でなら、《家康暗殺》は確実に実施されただろうと思いますね。逃げ場がありませんからね。それは、間違いないでしょう。

しかしですね白木さん。織田信長が威信をかけて築城した日本一の山城・安土城と城内を、家康と三河の家臣達の首と血で、血みどろに汚されるのは信長の自尊心が許さなかったのではないかと思いますよ。これが一番の理由だったと思いますね。

第二は、安土城に行けば家臣といえども暗殺される、との噂が立つのが嫌だったのでしょうね。

第三には、本能寺を取り囲む明智光秀の兵は三千の兵士達であり、蟻の出る隙間もないほどに取り囲み、家康を確実に打ち取れると確信したのでしょうね。六月二日の夕刻には、計画を実行して完了する予定だったでしょう。

それで、六月二日の本能寺での《昼の茶会》を利用して、信長が大量に持ち運んで来た数々の銘茶器や掛け軸などを展示して、家康がゆっくり鑑賞している間に、信長は席を立ち、これを合図に本能寺書院を取り囲んでいた明智光秀一党が討ち入りし、徳川家康を打ち取る……」

仲間源太郎は、またもや、『本能寺の変・研究会』メンバーの顔を見回した。

「私も質問があります」

亀屋の台所で忙しかった裕美は、ようやく解放されたらしく、ビールのグラスに手を掛けた。

「先ほど和男さんが話された内容ですが、天竜川の《舟橋》で転倒し、ふくらはぎを怪我したサムライ彌介は、やはり、信長の小姓として家康一行の歓待の席にも隣室で控えていたのでしょうね。

彌介が怪我をして《舟橋》から転落しそうだったのを助けて、それに、怪我の処置までした人物は、家康の小姓だったのですよね、和男さん！」

裕美の従弟の佐藤和男は、裕美のグラスにビールを注いだ。

「ええ、そうですよ。天竜川の《舟橋》に関する紀行文にはそのように書かれていましたね。

彌介は《舟橋》の板端を踏み外して、右足ふくらはぎを怪我して止血処置をしてもらったらしいのです。確か、この人物は、この《舟橋》設置責任者の一人で、名前は植松秀之進と言って、家康の小姓だったと書いてありましたよ」

「和男さん。この植松秀之進が、今回の、この信長接待の家康一団の中に組み込まれていた可能性はあったのかしら……。

つまりね、怪我をしたサムライ彌介を救助してくれた家康の小姓・植松秀之進と信長の小姓・サムライ彌介とが、この安土の地で、各種の行事期間中に、この二人が対面し対話する可能性はあったのかしら……。

もしもですよ、二人が対面して、サムライ彌介が植松秀之進に恩義を感じていたなら、【見ざる・聞かざる・言わざる】の彌介といえども、恩義ある植松に彌介だけが知っている信長の《家康殺害計画》を、そっと植松に漏らす可能性が無かったとは言えないでしょう……」

誰もが裕美の口元を注視した。

父親の源太郎も娘の裕美を見た。

「おい、裕美。君はとんでもない視点からの、とんでもない可能性を引き出したものだねぇ。まさか、本気でそう思い込んでいるんじゃないだろうねぇ！」

「そうよ。ふと、そんなふうに思えたの……」

「もし、そうだとしたら、『本能寺の変』をどのように解釈するのか、大きく変わることになるかもしれないのだよ、裕美」

「えぇ、そうなるかもしれないですわね……」

「我々の『研究会』では、彌介による《家康暗殺》計画の公表で、『本能寺の変』に新しい事件が組み込まれていた可能性については、一度も検討した事がなかったですね……。例えば、サムライ彌介の口から出た《家康暗殺》情報は、家康に十分な警戒とその防御方法を家臣達に検討させせたと思いますよ。どのような防御策が出てきたのか……」

「私が今、想定するに……」

丈太郎が口を開いた。

「やはり家康としては、暗殺が仕掛けられる場所と日時がサムライ彌介の口から判明したのですから、先ず六月二日の本能寺での《昼の茶会》襲撃を避けて、二日の朝には、兎に角、堺の町から離れて逃げ延びることを第一の選択肢にしたと思いますね。敵となった織田信長の息のかかった敵地内で戦うことなどは愚の骨頂だとして、あらゆる逃走策を検討したと思いますよ。

家康の密使が走り回り、あるいは、防御策として家康の逃走経路を選定し確保するなど、あらゆる角度から検討して十分に手を尽くしたと思いますね。これは、家康らしい方策だと思います」

佐藤和男はしばらく考えていたが、

「思いもしないサムライ彌介の証言が出たことで、徳川家康側にはちょっとした混乱が出てきましたが、今までに知られてきた『本能寺の変』の結果に、何らかの変化を来たしたとは思われません。

結果は変わりませんね！　もし、彌介の証言が『本能寺の変』の結果に影響したと仮定するなら、それは、三河の城まで逃走する家康一行の時間的余裕さの長短と家康自身の心の安定さに影響したものと思われます。

――あの信長がわしを消そうとした――

六月二日朝には、京都に潜ませていた密偵（しのび）が本能寺早朝の事件を知らせに来て、徳川家康の一行は予め（あらかじ）手配した通り、堺の町から急いで八尾（やお）を経て枚方（ひらかた）・京田辺の飯森山に移動し、ここで京都の豪商茶屋四郎次郎と待ち合わせました。この地で豪商茶屋と伊賀者（いがもの）とが手配していて、宇治田原を経て信楽に泊まります。翌日の三日は加太・関・伊勢白子へと、最短の距離で伊賀越えをして、白子の浜から舟で伊勢湾を渡り、四日には、三河のお城に辿り着いています。そして六月五日、徳川家康は直ちに出陣の支度を整えたのですよ。

ですから、サムライ彌介の証言があったとしても、そのことが影響したのは、家康の心構えと、三河の城に着くまでの時間的余裕の有無に影響しただけかと思いますよ。ただし、家康はサムライ彌介に感謝の気持ちを抱いたのは当然かと思いますね！」

深野冨士雄も多々検討したらしく、表情を硬くして、

「そうですね。和男先生の言われたように、彌介の証言が家康に伝えられたにしても、家康一行の行動が激変する結果にはなりませんでしたね。ただし、家康の信長に対する信頼は当然なくなり、次に家康自身に台頭する意欲を高めさせたのかもしれませんねぇ。まぁ、当然でしょうね……。サムライ彌介は家康にとって、命の恩人で、褒賞ものですよ。

本当に驚くべきは、あの明智光秀が六月二日の《夜明け》と共に、信長の本能寺を襲撃するなどとは、家康も、信長さえも、毛頭、思いもしなかった事ですねぇ‼」

白木弥寿之も大きく頷き、同意した。

（十）船出

　婚姻届を出した片倉丈太郎と仲間裕美は、小料理亀屋の料理・運営の事もあり、亀屋の奥の裕美の部屋で過ごしていた。秋の彼岸頃には亀屋近くのマンションで生活する予定だと、丈太郎は甥の達也に話した。

　二人の結婚披露後、一週間ほどで丈太郎から達也にメールが届いた。相談があるから次の土曜午後二時、喫茶室「フランソア」に来てくれとのことだった。大事な問題だとも書いてある。

　達也は、洗濯機を回し昼食を軽く済ませ、四条の喫茶室「フランソア」に出かけた。達也は以前にも来ており、亀屋にも近く、迷うことはなかった。

「丈太郎叔父さん、何事ですか。大事な問題って……」

「まぁ、コーヒーを飲みながら話すから、座れよ……」

丈太郎はいつものように、コーヒーはマンデリンで、甘いモンブランを達也の分まで注文した。

「実はね、マンションを購入するのには二名の保証人が必要なんだよ。一人は校長先生にお願いしたのだが、もう一人は、米沢の淑子姉さんにお願いしてあるんだよ。電話では了承を貰ったんだが、書類には保証人の署名捺印が必要でね！

それで達也のことを思い出したんだよ。君が開発した部品を仙台の市立大学工学部応用化学科の研究室で実験して、それで幾つかのデーターを集める話を聞いていたから、それを思い出して、達也に頼もうと思ってメールしたんだよ。それでね、達也が仙台からの帰りに米沢の家に立ち寄って、淑子姉さんの署名捺印を貰って来てほしいんだ。達也、頼まれてくれないかな！」

「あぁ、いいですよ。大体判りました、叔父さん。ただし、僕が仙台に行くのは八月の旧盆前ですよ。それでも、マンション購入の契約書類が間に合うのでしたら、僕が米沢の家に寄って来ますよ」

「八月のその頃なら大丈夫だよ。十分に間に合うよ。それじゃあ頼むね、達也」

「判りました。僕は八月の四、五日頃には出かけますよ」

「判った。今月の末には書類を渡すから、姉さんに電話しておくよ。これで安心だ。ところで達也、仙台で少し時間があれば、北仙台の光明寺には伊達政宗の使者となった支倉常長（はせくらつねなが）の墓とスペインの宣教師ルイス・ソテロの碑があるから、見てくればいいよ。光明寺の参道は北山への石段だから、登りがきついけど、上からの仙台平野の眺めはとてもいいよ。

君がソテロの記念碑を見たら、すぐ近くには、イタリアのローマ教皇にソテロと一緒に拝謁（はいえつ）した伊達政宗の家臣支倉常長の墓石もあるから、支倉常長の予備知識を仕入れてから仙台に行けよ。そうしないと、せっかくめぐり会えた黒いサムライ彌介のことが理解出来なくなるかもしれないからなぁ！　光明寺には彌介の碑はないけど、ソテロの碑と支倉常長の墓石から彌介を思い描くにはいい場所だよ」

片倉丈太郎は真剣な表情で達也に話した。

「えぇ、そうします。やはり、何でも予備知識は必要ですよ。知らないと話の面白さが半減しますからね。叔父さんに大まかな話を聞いて、それから仙台に出かけますよ。早速ですがね、叔父さん。黒いサムライの彌介は江戸浅草発砲事件の後は、どうしたのですかねぇ？　スペインの太平洋艦隊司令官セバスチャン・ビスカイノの通訳として、彌介は伊達政宗の仙台城に入ったのですよね！」

「そうだね。ビスカイノが浅草発砲事件の半年後に、政宗に招かれて仙台に行ったのには、二つの目的があったとされているんだね。それはスペインのメキシコ副王が指示したもので、一つは、十四世紀マルコポーロの〈黄金ノ島〉伝説以来言い伝えられてきた、日本の北方にある〈金銀島〉が何処なのかを探りだすために探索をする事。

　二つ目は、大型の帆船が停泊出来る良港の調査と三陸沿岸を測量する事だ。

　徳川家康はスペインによる日本の沿岸調査を嫌ったが、政宗はビスカイノの二つの要望を許可したんだよ。ただし、陸奥（むつ）の地域に限ってだけどね。なぜかと言えばだねぇ、ビスカイノの仙台訪問が政宗の望むメキシコと仙台藩との交易の重要なきっかけになるとして、政宗はかなり期待して大使ビスカイノを受け入れたんだよねぇ」

「叔父さん。他にも、伊達政宗はサムライ彌介から聞き出したいことがあったから、ビスカイノの仙台訪問を歓迎したのですよね！」

「そう、そうなんだ。達也は、よく覚えていたねぇ。そうだよ。徳川家康の京都本能寺脱出劇に彌介がどのように関わり、家康がどのような手を打って、京都脱出劇に幕を引いたのか！」

「それですよ、叔父さん！」

「そうだね。その時の彌介の役割と、家康の行動が判れば、政宗は家康の裏側や弱点を握った事で、二代目秀忠の徳川幕府と渡り合えると思ったのかもしれないねぇー。ちょっと考え過ぎかもしれないけど……」

「ねぇ、叔父さん。例えばですよ、サムライ彌介が織田信長の安土城や城下のお寺などで徳川家康の小姓・植松秀之進と出会わなかったとしたなら、《家康暗殺》の秘密情報は彌介の口から家康の小姓・植松秀之進に流れなかったのですよね。そうすると、家康は明智光秀の襲撃に気付かずに、六月二日に滞在していた堺の町を出て、昼の本能寺茶会に出席し、茶器を眺めている時に襲撃され、そこで家康は明智光秀に打たれる事になったのですよねぇー」

「そうだなー。たぶん、そうなったんだろうね。しかしねぇー、それは、光秀の意識しだいだったんだろうと思うよ……。

天正十年六月二日の前日。つまり、《本能寺の変》の前日の六月一日の夜中までには、光秀はいつ本能寺を襲撃するかの最後の決断を下したのだろうからね……。

信長が光秀に指示したように、六月二日の昼の本能寺茶会を襲撃して徳川家康を消すか、あるいは、二日の夜明けに本能寺を襲撃して織田信長を消すのか、その時の明智光秀の心情は、果たしてどのように揺れ動いたのだろうかねぇ……。

それとも、昼の茶会を襲撃して、家康と信長の両者を共に葬（ほうむ）り去るとか……。

何しろ、イエズス会フロイスの『日本史』によれば、〈裏切・残酷・策謀の達人である明智光秀〉として記録されているのだから、何が起こるのか、その予測は難しいけどねぇ……」

「叔父さん、明智光秀の判断を推し量ることは出来ませんよ。それは、光秀の胸の内に閉じ込められたままなのですからね。ただしですよ、結果だけは明確なのです。

織田信長は追い詰められて潔（いさぎよ）く腹を切りました」

「そう、そうだね。結果としては、光秀の心は信長に強く引き付けられていたんだね……」

日本歴史の太く大きな流れを変えることがなかった《本能寺の変》が、明智光秀ただ一人の才覚と決断でなされた下剋上（げこくじょう）であったことに、達也は改めて歴史の重さと深さとに感慨を新たにした。

「ところで叔父さん。サムライ彌介はスペインの太平洋艦隊司令官ビスカイノの通訳として仙台の政宗のお城に行ったのですよね。その当時ですが、仙台に教会は在ったのですかね？　それに、政宗はクリスチャンだったのですか？」

「いやいや、伊達政宗はれっきとした仏教徒だよ。それに、政宗の仙台城下には教会はないね。明治時代以降は別だがね……。

　政宗はキリシタンの浪人・後藤寿庵を家臣として抱えて、現在の岩手県奥州市に千二百石の領地を与え、キリシタン集落を作らせたと言われているんだね。水沢区域にある毘沙門堂は当時の教会跡地だと言われているよ」

「キリシタン集落ですか？」

「はじめは二百人ほどだったが、しだいに増えて、仙台藩のキリシタンの中心部になったらしいね。当然ながら、後藤寿庵とカトリックのフランシスコ会宣教師ソテロとは周知の間柄で、後藤寿庵を介してソテロは伊達政宗と知り合ったとも言われているね。

　また、政宗の江戸の側室お晶方の病がフランシスコ会の修道士ブルギョスの治療で回復したのも、ソテロ神父との関わりで治療が出来たとも言われているよね。それに、ソテロの日本語は、《本能寺の変》後に彌介がフィリピンの日本人町ディラオに逃げ込んでいた頃の彌介に教わったと言われているんだよ。

サムライ彌介とソテロ神父、それに、太平洋艦隊司令官ビスカイノと伊達政宗、サムライ彌介と徳川家康。いずれの組み合わせを見ても、何とも言えない深い因縁を感じる組み合わせなんだなぁ……」

丈太郎は一つ大きなため息をついた。

「そうですね、叔父さん。全くです。この五人のいずれの組み合わせを見ても、戦国時代末期の国内混乱時に、日本という大きな御神輿（おみこし）を担いだ人達ですよね」

「そうだね。たまには達也も判ったような表現をするじゃないか！　その神輿が〈メキシコ交易〉という名前の〈慶長遣欧使節〉になって、仙台沖から飛び出そうということなんだよねぇ……」

「丈太郎叔父さん、徳川家康や将軍秀忠がメキシコとの交易は許しても、その先のスペインやヨーロッパ諸国までの交易は、まだ許可していませんよね」

「そう、そうだよ。家康はメキシコの鉱山技師や造船技術者、太平洋を渡る航海士などの西洋技術者導入を検討していたんだね。政宗がビスカイノやソテロ神父の協力を得て大型船を造り、費用は全て政宗の持ち出しで、その上、幕府使者の役人を乗せてメキシコに行き通商条約締結交渉が出来るのなら、幕府にとっては渡りに船なので、家康は政宗の申し入れをすぐ許可したのだろうねぇー。

政宗にとっても、フィリピンのマニラまで往来するメキシコ船が仙台藩内の港に寄港して商品取引が出来るのであれば、当然、政宗は自腹を切って大型船を造り、メキシコまで取引締結の契約に行くよね。

それに、領内で起きた慶長十六年十月二十八日の仙台沖慶長三陸大地震と大津波で、沿岸住民約千八百人が溺死して、漁業や田畑の塩害による農業救済処置でも仙台藩は経済の逼迫をきたして、早急に藩財政の補填を必要としていたからねぇー。それに、前の年には仙台城大広間造営や江戸城西の丸造営課役など、何かと出費がかさんでいて、メキシコ貿易による収益は仙台藩にとっても喉から手が出るほど欲しい営利事業だったんだねぇー」

「なるほどねぇー。政宗にとっては懸命な経済補填策だったんですね。徳川幕府は政宗に何か援助をしたのですか?」

「幕府の船奉行・向井将監忠勝を介して配下の公儀船大工与十郎を仙台に送りこんだとの記録はあるよ。ただ、それだけだね。

それで、スペインの太平洋艦隊司令官ビスカイノ配下のスペイン人四十人を使い、更には、仙台藩の船奉行も藩内の船大工を総動員して、大型帆船の造船作業が四十五日間で行われたと仙台藩の【貞山公治家記録】には書き残されているよ。かなりのスピードで船が造られたんだね。船は千石船に匹敵する大きさの三本マストの黒船で、前と主マストには各二枚ずつの横帆があって、後ろマストは一枚の帆で、サン・ファン・バウティスタ号と名付けられた帆船だよ……」

片倉丈太郎は自分のメモ帳のあちこちを探しながら、達也の質問に答えた。

「叔父さん。サムライ彌介が太平洋艦隊司令官ビスカイノの通訳として雇われたのは、どんな経緯だったのですかねぇー」

「スペイン人宣教師ソテロがサムライ彌介をビスカイノに引き合わせて、護衛兼通訳として雇ってもらったのだろうね。ビスカイノがメキシコ大使として駿府の徳川家康に会った時の通訳はソテロで、それ以降は、ソテロの紹介したサムライ彌介がビスカイノと家康との会見や政宗との話し合いなどでは、時として、ソテロ自身も通訳として彌介と行動を共にしていたと思えるね」

「それじゃあ、叔父さん。ビスカイノの通訳をしている彌介が、かつて織田信長の小姓で、《本能寺の変》が起こる直前に家康小姓の植松秀之進を介して、信長による《家康殺害計画》の危険を知らせた〈サムライ彌介〉だったことを、家康は知っていたのですかねぇー。叔父さん、そのことについては、どうなんですか！」

「それがね、はっきりしないんだよ。ただしだね、家康は駿府城でビスカイノの通訳として登城した彌介の労をねぎらい、彌介は鮫皮仕様の脇差を家康から拝領したことが、駿府日誌には記載されているんだね。だからね、この褒美（ほうび）の脇差は、ビスカイノの通訳としての褒美ではなくて、やはり、《本能寺の変》の折に《家康暗殺》を事前に知らせて、家康の死を回避することが出来たことへの感謝の褒美が、鮫皮仕様の脇差だったのだろうと思えるんだねぇー」

「なるほど！　でも叔父さん、《家康暗殺》を回避できた彌介への感謝のしるしが、脇差だけだったのは、ちょっと寂しいですね」

「そうでもないだろう。黒いサムライの彌介はメキシコに行くことになったんだよ。これもまた、家康からの褒美だと思えるけどねぇ。家康は彌介をメキシコへの大使となる日本人侍の通訳及び護衛役としてメキシコへ派遣するようにと、伊達政宗に申しつけたそうだよ。

当然ながら、その理由（わけ）を政宗には話したのだろうから、政宗は信長の《家康殺害計画》

の一件を初めて聞いて、当然、かなり驚いただろうけどね……。

この《家康殺害計画》のことで、政宗は〈彌介の手柄〉の内幕を理解したのだろうね。また、メキシコへ派遣後の彌介は、日本に戻るなら仙台藩お抱え下級武士の身分となる。彌介が日本に戻る意思がなければ、その後は自由の身でお構いなし、との決定だったそうだよ！」

「なるほど、家康も味な決断を下したものですね。政宗が彌介のことを承諾したのには、仙台藩とメキシコとの交易を幕府が認めるのを前提にして、政宗が彌介の身柄を引き受けたのですよね！」

「たぶん、そうだと思うよ」

家康が彌介のことで政宗に含みを持たせ、彌介の生国アフリカ近くまで送り出す家康の心情が推し量られ、戦国末期の殺伐とした中にも、ほっとした温情を達也は感じた。

「それにしても政宗は、このメキシコ使節の人材をどうやって選んだのですかね。幕府との兼ね合いもあったでしょうから……」

「ここでひと悶着が起きたんだよ！　今までメキシコへの使節の一人として対応していたカトリック教会フランシスコ会のソテロ神父が、メキシコを支配下に置くスペイン国王やカトリック教会のローマ教皇にも、是非とも挨拶の礼をとるべきだと主張し始めたんだよ。それが出来ないのなら、ソテロ神父自身がこの使節団から離脱すると言い出したんだね。

メキシコ行きの帆船がもうすぐ出来上がるのに、今頃になってソテロがメキシコに行かないなんてとんでもなく重大な問題なので、ソテロに頼って全て企画してきた政宗は困り果てたんだね。全くお手上げなんだよ。

これがソテロの〈切り札〉だったんだね。自分の願望である北日本にフランシスコ会が主導するローマ・カトリック教会の〈北日本管区〉を設立して、ソテロ自身がそこの司教の座を欲しかったからなんだねぇ。そのために、スペイン国王とローマ教皇への嘆願使節団をソテロは目論(もくろ)んだわけだ」

「ソテロは結構えげつない方法を取ったんですね。それで？」

「結果として、困り果てた政宗はソテロの希望を受け入れて、ここから先は幕府には水面下で、ソテロと政宗はスペイン国王とローマ教皇に嘆願書を書いたわけだ。ソテロの希望を受け入れて、ソテロの思うままにスペイン語とラテン語で……。しかし、署名・押印は政宗自身がやったものだね……」

「叔父さん、イエズス会はどんな対応をしたんですか？」

「当然ながら、九州各地の下教区、豊後府内教区、上（都）教区の三教区を持つイエズス会はソテロの行動に反対で、ローマ教皇庁にソテロの申請を却下するようにと、イエズス会は申し入れをしたんだよ。

　その上、仙台藩のキリシタン世話役の後藤寿庵と親しいイエズス会のアンジェリス神父は、政宗とソテロの行動をローマのイエズス会本部に手紙で逐一知らせているんだね。色々な申し入れをしている陸奥の政宗はキリシタンではないとね。それに、日本の徳川幕府はキリスト教を禁教とすることもね……」

「でも叔父さん、結局はソテロ神父の言う通りに、派遣問題は先に進んだのですねぇ」

「まぁ、そういう事だね。キリスト教派閥抗争のどちら側にも利害が絡んだ政治経済の駆け引きがあったのだろうねぇー。一番の難問は、スペイン国王とローマ教皇への使節大使となる人選だったろう……。それで、伊達政宗が選んだのは支倉常長（はせくらつねなが）なる人物だったんだよ。ただし、使節団の正使はソテロ神父で、副使を支倉常長に指名したのも政宗なんだね」

「彼が選ばれた理由（わけ）は何ですか？」

「色々と言われてはいるんだが、結局は、政宗のそば近くに仕えていて、重大な任務を担う人材を政宗が見つけたんだね。政宗は支倉常長という人物を、重要な問題解決に何度も使っているんだよ。南部の九戸(くのへ)城調査や豊臣秀吉の朝鮮出兵などにね。禄高は低いが重要な家臣として常長を信頼し、仕事を与えていたんだね。

ところが、常長の実父が罪を犯して切腹の沙汰になったんだよ！　米沢の生まれで、養子に出ていた常長も、結果として禄高を失うことになってね……。これが引き金になって、政宗は貴重な人材の支倉常長を拾い上げ、再び仙台藩士として因果を含めて、メキシコ使節の重要人材として副使の重要任務に就かせたわけなんだね。その上、スペインやその先のローマまで……」

「なるほど！　叔父さん、やはり、気骨のある人材は得難いですよね。それに、仙台に戻れるかどうか、身命を賭する難儀な旅立ちであることを常長は十分に感じ取っていたのでしょうからね……」

達也は慶長遣欧使節の大使を務めた支倉常長を少し理解した。それに、黒いサムライ彌介が支倉常長の護衛兼通訳としてメキシコまで、更にはスペイン・ローマまで共に行動が出来ることを知って、達也は理由(わけ)もなく嬉しい気分になっていた。

★

八月に入り菅沼達也は仕事のため仙台駅のホテルにチェックインした。終われば、帰途に米沢の実家に立ち寄る予定である。

旧盆前だが、既に夏季休暇でホテルは混雑していた。

達也は仙台での実験に入る前に、叔父片倉丈太郎から聞いた、キリスト教フランシスコ会のスペイン人ソテロ神父の石碑と伊達政宗の家臣支倉常長の墓石があるという北仙台の光明寺を訪ねる予定にしていた。

そこには彌介の墓碑は無いが、支倉常長に同行した黒いサムライ彌介が今でも常長の墓を守っているように思え、達也は光明寺を訪れることにしたのだった。

ホテルを出て地下鉄に乗り、達也は北仙台駅で降りた。

昼の三時半を過ぎたばかりで、車内は十人ほどの乗客だった。

ホームから地上への階段を上り、右への上り坂を選んだ達也は、駅員に教えてもらった交差点を左折し、右手の上に山門を持つ光明寺の石段を眺めた。

かなり長い石段が山門へと続いている。

小高い段丘が東西に連なり、その南面の山門に入る長い石段が一直線状になっており、途中には、〈ひと息〉つくようにと、少し広い石敷きの休憩場が設置されていた。

こんもりと木立が生い茂る中での石段は、荘厳さを醸し出していた……。

息切れをしながらも、最後の石段を登り切った達也は、少し奥まった本堂に手を合わせ、振り返ると、いま歩いて来た北仙台の町並みが強い日差しを反射して、白く輝いて見えた。

本堂前を横切り裏へと進むと、そこは平坦な広い墓地となっており、周囲の木々でセミが鳴き、古い墓石が連なり、また、囲われた墓石などが点在していた。

その奥まった左手に支倉常長のやや古い墓石があり、右手前にソテロ神父の小さい十字架を浮き彫りにした石碑が見えた。

達也は、木が茂った光明寺裏の墓地で支倉常長の墓石とソテロの碑を前に、歴史を担った二人の役割に手を合わせた。と、同時にそれは、十六世紀中期~十七世紀初頭に、アフリカ東岸の小さな村で生を受けてからインド・日本・メキシコ・スペイン・ローマへと、権力者の指示と都合によって振り回され、地球をほぼ一周することになった黒いサムライ彌介の、その波乱万丈な人生へのオマージュと労いとの合掌でもあった。

ややくたびれた緑の枝葉が達也を葉影で包んでいたが、風に揺れ、枝葉から漏れた細い陽光がまぶしく、達也の目を刺した。

慶長十八（一六一三）年九月十五日（十月二十八日）、カトリック・フランシスコ会の宣教師ソテロの野心と奥州仙台藩主伊達政宗の意を汲んだ使者支倉常長を乗せた帆船サン・ファン・バウティスタ号が宮城県牡鹿半島月の浦から三本の帆柱に白い帆をいっぱいに張り、ゆっくりと滑り出した光景が達也の脳裏を走った。

時に、サムライ彌介五十八か五十九歳、伊達政宗四十七歳、徳川家康七十二歳だった。

バウティスタ号の二本目の帆柱の下には、長身で黒い肌をした螺髪頭のサムライ彌介が、徳川家康から拝領した鮫皮装飾の脇差を腰に、黒潮の流れ行く東方をジッと見つめる姿があった。

彌介の頭には白いものが混じり、陽光を受けてキラリと反射した。


〈完〉

本書は歴史を基にしたフィクションです。

著者プロフィール

山中 渓（やまなか けい）

1939年　山形県川西町生まれ

【著書】

『厄介者の館』（1989年／ソルト出版）
『四角形の構図』（1994年／日本図書刊行会）
『朱土師器』（2016年／幻冬舎）

黒いサムライ　彌介の証言 —遺聞・本能寺の変—

2024年 7 月15日　初版第 1 刷発行

著　者　山中 渓
発行者　瓜谷 綱延
発行所　株式会社文芸社
〒160-0022 東京都新宿区新宿1－10－1
電話 03-5369-3060（代表）
03-5369-2299（販売）

印刷所　図書印刷株式会社

ISBN978-4-286-25405-0